COBALT-SERIES

炎の蜃気楼《ミラージュ》昭和編

揚羽蝶ブルース

桑原水菜

集英社

炎の蜃気楼《ミラージュ》 昭和編

揚羽蝶ブルース

目　次

揚羽蝶ブルース　7

あとがき　253

人物紹介

加瀬賢三
上杉景虎

「レガーロ」のホール係。
冥界上杉軍の大将として
秘密裏に活動をしている。

笠原尚紀
直江信綱

医学部に通う大学生。
上杉夜叉衆のひとりとして、
成仏できずにいる
霊たちを《調伏》している。

揚羽蝶ブルース
小杉マリー
柿崎晴家
「レガーロ」の歌手。
上杉夜叉衆のメンバー。
朽木慎治
「レガーロ」のボーイ兼用心棒だった。
現在は行方不明。
坂口靖雄
笠原（直江）の後輩。
龍によって守護されている。
北里美奈子
音楽家一族の令嬢。
龍女と呼ばれる
巫女の血を引いている。

イラスト／高嶋上総

炎の蜃気楼《ミラージュ》 昭和編

揚羽蝶《あげはちょう》ブルース

第一章　帰ってきた女

レガーロに最近、新たな常連客ができた。

黒縁眼鏡をかけたその若者は、木訥《ぼくとつ》としている。見るからに学生といった風情《ふぜい》だ。上京して間もないのか、格好はあか抜けないが、眼差《まなざ》しは熱心にステージへと注《そそ》がれている。

「ああ……。今日のマリーさんは格別に素敵だなあ」

その店は新橋《しんばし》駅近くのガード下にある。国鉄の線路が敷《し》かれた高架下、アーチ型にくりぬかれた空間が、そのままホールになっている。赤い煉瓦壁《れんがへき》に囲まれた入口のドアを開ければ、そこには非日常の空間が広がっている。

店は半地下となっており、天井《てんじょう》もさほど高くはないため開放感というものはない。正面には、バンドがぎゅうぎゅう詰《づ》めになるほどの小さなステージ。丸テーブルが十と一、二席ほど。バーカウンターもある。

毎日、夕方五時から開いている。

銀座《ぎんざ》の真ん中にあるホールよりも手頃な値段で、うまい酒と料理が愉《たの》しめる。生バンドによる、ジャズの生演奏が売りだ。弦《げん》から爪弾《つまび》き出す軽快なリズムに乗って、ふくよかなトランペットが風を吹かすように響《ひび》き渡れば、電車の騒音ももはや音楽の一部だ。気ままな指が鍵盤《けんばん》を踊り、若いドラムが雄々《おお》しく走り、乾いたサックスが渋《しぶ》く掘り下げ、豊かな音のタペストリーを織《お》り上げる。

中でも、新人歌手の小杉《こすぎ》マリーは、この店自慢の歌姫だった。

「ほら。あれがいつも話してる歌姫のマリーさんですよ。きれいでしょう？」

常連客の仲間入りを果たした医大生・坂口靖雄《さかぐちやすお》には、今夜、珍しく連れがある。若い女だった。清楚《せいそ》なワンピースに身を包み、品よく膝《ひざ》を揃《そろ》えて腰掛けている。

夢見るような黒い瞳《ひとみ》は、ステージのライトを映して輝いている。

坂口と同じテーブルに座っているのは、北里美奈子《きたざとみなこ》だった。

「本当に……。きれいな方ねえ。なにより歌が素敵」

美奈子は音楽一家の養女で「ピアニストの卵」だ。畑違いとはいえ、音楽には精通《せいつう》している。その彼女が、マリーの歌声に聞き惚《ほ》れている。

ナイトクラブは初めてだという美奈子には、何もかもが新鮮《しんせん》だった。

「こんな世界があったのね。私たちの知ってる演奏会とは何もかも違う。演奏の仕方も、場所の雰囲気《ふんいき》も。なんて自由なの。どきどきしてしまうわ」

「これが最新のジャズ音楽ですよ。大人の社交場ですからね」

自分だって初心者なのに、坂口はいっぱしの口をきく。

「……笠原《かさはら》先輩が通っちゃうのも、わかるなあ。ここは天国だ。ぼかぁ、幸せです。マリーさんに出会えたというだけで、東京に出てきてよかった」

「坂口さんはお医者様になるために上京したんでしょ」

「ええ。そうです。でも、マリーさんがあまりに美しくて……」

坂口の顔は、弛《ゆる》みっぱなしだ。

レガーロに連れていってくれ、と坂口に頼んだのは、実は美奈子のほうだった。初めて体験する「大人の社交場」の雰囲気に緊張して、そわそわしている。もう二十歳《はたち》にはなっていたが、そもそもが「お嬢さん」で夜の酒場など足を踏み入れたことがなかった。

美奈子と坂口の出逢《であ》いは、去年の秋。「龍女《りゅうじょ》」騒動で知り合ってから、その後も、交友関係が続いていた。夜の世界とはまるで縁がない箱入りの美奈子が、レガーロに行きたがったきっかけは、マッチ箱だ。

彼女の手の中には「レガーロのマッチ」がある。

靖国《やすくに》神社で、悪者から自分を守ってくれた男が、落としていったマッチだった。

(あのひとは、どこ?)

美奈子はしきりに店内を見回している。

そう。あの夜、自分を守ってくれた男を捜している。

それらしき男を、老家政婦の葬式《そうしき》で、ちら、と見かけた。笠原と一緒にいた男だ。坂口によると、名は「加瀬《かせ》」というらしい。この店に勤めているそうだ。

だが店内は暗く、それらしきボーイは見あたらない。

(今日は出勤していないのかしら)

「そういえば、笠原先輩、ここのところ来てませんね。補習が忙しいのかも。残念でしたね。美奈子さん」

「え?」

「お見通しですよ。レガーロに来たかったのは、笠原先輩に会いたかったからでしょ」

美奈子は赤面《せきめん》してうろたえた。

「ち、ちがうわ。私はただ純粋に最新のジャズを……」

「まったく。先輩も罪なひとだな」

坂口はスカッシュを飲み干した。美奈子は少し呆《あき》れつつ、

「そういえば、加瀬さんとおっしゃる方は、今日は来てらっしゃらないのかしら」

「加瀬さんになにか用事ですか?」

「ほら。龍女騒ぎの時に協力してくださった方なんでしょ? 一言御礼《おれい》をと……」

「なあんだ。それでここに……。加瀬さんならホール係からバーテンダーになったようですから、カウンターにいるんじゃ」

「カウンター?」

美奈子は坂口の目線を追った。

アーチ型の天井は壁際に近づくにつれて低くなっている。壁際にしつらえた木製カウンターにバーテンダーが立っている。加瀬だった。髪をあげて眼鏡をかけていたので、すぐに彼だとはわからなかったのだ。

「あのひとが、加瀬さん……」

もっとも、美奈子の記憶はおぼろげだ。

守ってもらったとはいっても、当時、美奈子の体は龍神（正確には武田《たけだ》の女たちの霊だが）に支配されていたので、はっきりと覚えているわけではない。

だが、葬式で初めて加瀬を見た時、直感的に「彼」だとわかったのだ。

あの背中。

身を挺《てい》して自分を守ってくれた背中は「彼」だと。

「加瀬さんと笠原さんはどういうご関係？　お葬式の時も一緒にいたけど」

「ああ。笠原先輩は常連客ですからねえ。顔なじみなんですよ。先輩ったら、マリーさんとお近づきになりたくて加瀬さんと親しくなったんですよ。きっと」

それにしては、いやに親密な雰囲気だった。少なくとも、ただの「客と従業員」という距離感ではなかった。親友とも違う。目と目で会話をするような。思い出すたび、心が騒ぐ。

（もしかして、笠原さんの肉親……？　でも天涯孤独《てんがいこどく》って）

「御礼をするんでしょう？　なら、僕から声をかけましょうか」

「ちょっと待って。まだ心の準備が」

「ははは。大袈裟《おおげさ》だな。愛の告白をするわけじゃないんですから。……おっと、ショーが始まる」

肌も露《あらわ》なダンサーたちが出てきて、一気にフロアが華《はな》やかになった。

目の前で繰り広げられるエキサイティングなダンスに美奈子も圧倒されていたが、少しすると、目線は自然と加瀬に吸い寄せられてしまう。店内は暗いので、ダウンライトに浮かび上がる壁際のカウンターは、まるで、もうひとつのステージだ。

寡黙《かもく》にシェーカーを振っている。

その物淋《ものさび》しげな佇《たたず》まいに、美奈子は心惹《ひ》かれた。

（やっぱり、あのひとだ。私を守ってくれたのは……）

テナーサックスのエモーショナルなソロが響き渡る。

加瀬には、だが妙に人を寄せつけない雰囲気もあり、結局、その日は声をかけられなかった。

＊

朽木慎治《くちきしんじ》が去ったレガーロは、灯《あかり》が消えたようだ。

店の用心棒として雇われていた朽木だが、彼がフロアにいるだけで不思議に活気《かっき》があった。若い従業員の兄貴分であり、ムードメーカーでもあった。気に入らない客には無愛想《ぶあいそう》だったが、そうでない相手には、おどけて人懐《ひとなつ》こい一面もあった。

営業中のフロアに、加瀬はつい朽木の姿を探してしまう。ふとした拍子に、あのぶっきらぼうな調子で声をかけられそうな気さえした。帰り道も侘《わび》しい。一緒に銭湯《せんとう》へ寄ったり、安酒を呑《の》んだり……。思えば、毎日そばにいた。

胸にぽっかりと穴が開いたようだ。

ここまでダメージを受けるとは、加瀬自身、思ってもみなかった。あれから数週間過ぎたが、まだ虚脱《きょだつ》状態から抜けられない。ただでさえ寡黙《かもく》なのに、ますます口が重くなっていた。

「おい、岩佐《いわさ》。まだ後かたづけが済んでないぞ」

執行《しぎょう》社長の声がして、加瀬は我に返った。振り返ると、新人ウェイターの岩佐久作《きゅうさく》が執行に怒られている。朽木の後釜《あとがま》として雇われた男だった。

「用心棒で雇われたのに、なんで後かたづけまでさせられるんすか」

「馬鹿《ばか》。肩書きはウェイター兼用心棒だろ。さぼった分、給料からさっぴくぞ。ほら」

とモップを押しつけられている。岩佐は渋々モップがけを始めた。

新米《しんまい》用心棒は朽木と同じボクサー崩れだったが、腕のほうは数ランク落ちる。なのに愚痴《ぐち》ばかり多くて、手が動かない。思えば、朽木はよく働いた。

「おい、加瀬。こいつらの教育係はおまえの仕事だろ。しっかりしろ」

「すみません」

「元《げん》さんも休みで、おまえはフロアの最年長なんだから。従業員に目を配れ」

朽木がいた頃は、彼がなんとなくまとめ役だったから、加瀬は気楽な立場だった。彼が抜けた穴を埋めるのは容易《ようい》ではなさそうだ。

「朽木ってひと、そんなに人望があったんですか」

加瀬に声をかけてきた者がいる。目の丸い、可愛《かわい》い顔つきの若者だ。もうひとりの新米用心棒だった。名は、名詰幸太《なつめこうた》。通称ナッツ。まだ二十歳という若さで、特に格闘技経験はないのだが、界隈《かいわい》では「狂犬《きょうけん》ナッツ」などという不穏《ふおん》な通り名で知られていた。

「ホール荒らしを半殺しにしたんでしょ。大した腕《うで》っ節《ぷし》だ。それ見たかったな」

可愛い顔をしているが、時々言動が物騒《ぶっそう》だ。用心棒稼業《かぎょう》なんぞを始めたのも、子供の頃から、手のつけられない乱暴者だったからだという。

「おい。ナッツ。用心棒の仕事は、荒らしを追い払うことだ。半殺しにすることじゃないぞ」

「わかってるよ。加瀬さん」

その「狂犬ナッツ」も、加瀬と話す時だけは甘えた口調になる。

「あんたに言われれば、いい子にしてるよ。俺は舎弟《しゃてい》なんだからさ」

いつのまにか、そういうことになってしまっている。

ナッツは母と死別してから、新宿《しんじゅく》で子供ギャングのリーダーをしていたという。スリから盗みからなんでもやった。飢えを凌《しの》いで生きるためにはキレイ事は言っていられなかった。実は、父親は復員《ふくいん》してきて健在なのだが、親元には戻らなかった。物心ついたときには、すでに戦地にいた父は、他人も同然だったからだ。

朽木の住んでいたアパートの部屋に、新人ナッツが住むようになったのも、自然な流れだった。そのため加瀬は朽木の代わりに彼と帰るようになっていた。朽木がいなくなった淋しさを、後輩の面倒をみることで埋めているようでもあった。

それでも、なおふとした瞬間に、朽木の姿をフロアに探してしまう。

——朽木の正体は、織田信長《おだのぶなが》……。

このやりきれなさを、何で癒《いや》せばいいのか。

＊

『もしもし直江《なおえ》？　最近、店に来ないから心配してたのよ』

電話の相手は、小杉マリーだった。

笠原尚紀《なおき》こと直江信綱《のぶつな》は自宅にいた。時計はもう夜十一時をまわっていた。

電話口の向こうからは、電車の音が聞こえてくる。

『……坂口くんに聞いたら大学が崖《がけ》っぷちらしいじゃない。二足のわらじは大変ね』

「進級がかかってるからな。提出しなきゃならないレポートが山積みだ」

直江は寝静まった両親の寝室のほうを気にしながら、小声で答えた。今夜はひときわ冷え込んでいる。電話が置かれた一階の廊下は、暖房もない。しんしんと冷える廊下に、居間の柱時計の音だけが響いていた。

「それより景虎《かげとら》様の様子は」

『景虎？　うん。まだ朽木の件がこたえてるみたい』

マリーは溜息《ためいき》まじりに言った。

『無理もないわよね。あのしんちゃんが信長だなんて、いまだに信じられないもの。あたし以上に仲が良かったから。八海《はっかい》たち軒猿《のきざる》に居所を探させてるところよ』

「そうか。やはり《調伏《ちょうぶく》》を……」

『ううん。景虎は諦《あきら》めてないみたい』

「諦めてない？　何を」

『朽木を取り返すことよ』

直江は「なんだって」と思わず強い語調になった。

「取り返すって織田からか？　何を馬鹿な。相手はあの信長なんだぞ」

『そうだけど、信長の記憶は取り戻してないのよ。記憶がないままなら、朽木慎治でいられるじゃない。記憶を封じてレガーロに帰したいって……。そう考えてるみたい』

直江は苦虫《にがむし》を噛《か》み潰《つぶ》したような表情になった。

「なんて甘いひとだ。そもそも、その記憶だって本人のものじゃないんだろう。宿体《しゅくたい》の記憶じゃないか。宿体本人でもないくせに、その人物のまま生きろっていうのか」

『でも信長がついこの間まで朽木慎治として生きてたのも事実なのよ。私たち、ずっと一緒に働いてたんだから。いいやつだったわ。私は好きだったわ。景虎は信長を朽木のままでいさせる方法がないか、ずっと探してるみたい』

直江は黙り込んでしまった。

あまりに長く沈黙したものだから「直江？　聞いてる？」とマリーが訊《たず》ねてきた。

直江は深く溜息をついた。

「……その信長にさんざん痛い目に遭《あ》ってきたくせに。この口から直接言わないと駄目《だめ》みたいだな。それまであの人が無茶をしないよう、見張っててくれ」

『うん。あんたがそう言うなら、……あ、そうそう。坂口くん、今日なんだか素敵なお嬢さんをつれてきてたわよ』

「あの坂口が？　珍しいな」

『ええ。ガールフレンドをつれてくるなんて、なかなかやるじゃない。ちょっと見直したわ。

恋をするのはいいことよ。応援してるって伝えておいてね。じゃあまた』

直江は受話器を置いた。——坂口がガールフレンド？　学生運動に没頭《ぼっとう》して女《おんな》っ気《け》のかけらもなかったあの坂口が……？　マリーのファンになってレガーロ通いをしているのは聞いていたが、女友達の話など一言もなかった。医大の女友達だろうか。

「レガーロ通いで、色気づいたかな……」

ひとりごちて苦笑いした。が、すぐに笑みを消した。

（それよりも、あのひとだ。何を考えてるんだ）

確かに、朽木は——信長は「換生者《かんしょうしゃ》」だ。《調伏》しようとすれば、殺害するしかない。景虎にはそれができず、殺害せずに済む方法を探している。希望はある。信長が「自分は信長」であることを思い出しさえしなければよいのだ。

蘭丸《らんまる》のもとから連れ戻し、記憶を取り戻すのを阻止《そし》する。

思い出しかけていたとしても、再び忘れさせる方法はある。自分たちなら、できる。

そう信じて、彼は八海に捜索《そうさく》を命じたのだろう。

（だが、あの男が信長であることに変わりない。小手先《こてさき》の記憶操作でしのげるだなんて本気で思っているのか）

直江は電話の前に立ち尽くした。溜息が出た。説得したところで、景虎が応じるとは思えない。口論をして、また険悪《けんあく》になるのは気が重い。

自分が意見すればするほど、心を閉ざしていくのがわかる。

（もうこれ以上、いがみあいたくはないのだが……）

「お電話ですか？　尚紀ぼっちゃま……」

階段の上から「お手伝いさん」の秀子《ひでこ》がねぼけ眼《まなこ》で降りてきた。彼女は住み込みで働いている。二階の奥が秀子の部屋だった。

「ああ、ごめん。起こしてしまったね。大学の先輩に質問があって」

「今夜もお勉強ですか。何かお夜食でも作りましょうか」

「いや、いいよ。饅頭《まんじゅう》があるから」

「そうですか。うー、さむ……。ストーブの灯油《とうゆ》は足りてますか。風邪《かぜ》引かないよう温かくして勉強なさってくださいね。あまり根《こん》を詰めすぎないよう」

「ああ。おやすみ。秀子さん」

綿入り半纏《はんてん》を羽織《はお》った秀子は、目を擦《こす》りながら戻っていった。

直江は表情を和《やわ》らげた。秀子とのやりとりは、心がなごむ。

だが、こんな暮らしをいつまで続けていられるだろう。

（気持ちはわかる。景虎様……。だがその情が命取りになるのがわかるだけに怖い）

――おまえが戦え、と強要するのは、そういう意味なんだろう！

（強要したいわけじゃない）

直江は壁にもたれて、振り子時計の音に耳を傾けた。

（それしか、あなたを繋《つな》ぎ止める術《すべ》がないだけだ）

＊

レガーロに奇妙な出来事が起こり始めたのは、それから数日後だった。

フロア・マネージャーから報《しら》せを聞いて、執行社長が声を荒《あら》げた。

「なんだと？　ドラムのサムが、怪我《けが》をした？」

開店直前のことだった。準備中だった加瀬たちも、驚いて振り返った。

「おいおい。いきなりなんだ。一体なにがあった？」

「それが、店に来る途中、車と接触事故を起こしてしまったそうです。救急車で運ばれて、命に別状はないのですが、腕と脚《あし》を骨折していて動かせないそうです」

ドラムのサムは、バンドの要《かなめ》でもある。まいったな、と執行社長は頭を掻《か》いた。

「昨日、ベースの五反田《ごたんだ》が腰痛めたばかりだろ。五反田に続いてサムまでもか」

「どうしましょう。代わりは」

「仕方ない。急いで探す。開店まで時間がないな。とりあえず、ドラム抜きでなんとか間をもたせといてくれ」

執行は慌《あわ》てて事務所に戻っていった。生演奏はレガーロの売りだ。バンドがないと、歌もダンスも披露《ひろう》できない。ドラムがないのは致命的だ。他の楽器だけでどうにかすることはできるが、閉店までそれだけ、というわけにもいかない。

しかも困ったことに、今夜はスペシャルナイトと称して、ロカビリーの人気歌手・澤地浩一《さわちこういち》が出演することになっている。ドラムなしではまともなショーにならない。

「大丈夫ですかね。昨日に続いて今日もなんて」

ウェイター服を着たナッツこと名詰幸太が言った。加瀬も心配顔だ。

「まあ、社長は顔が広いから、ドラマーのひとりやふたり、すぐに代わりを見つけてくるだろうが……」

そこに楽屋で話を聞いたマリーが慌ててやってきた。衣装は着ていたが、まだ舞台メイクをしていない。髪にはカーラーがついたままだった。

「賢三《けんぞう》さん、サムさんが怪我したって本当？」

「ああ。手を痛めて、当分ステージに立つのは難しそうだって。代わりが来るまでドラムなしで繋いでくれって。なんとかなるか？」

「じゃあ、曲目も変えたほうがいいわね。どうしよう。スーさぁん」

ピアニストと急いで練り直しだ。そうこうしているうちに開店時間になった。週末とあって、店は予約ですでに満席だ。人気歌手の澤地浩一が特別出演することもあり、彼目当ての客も多いのに、バンドが揃《そろ》わないでは、レガーロとしても面目《めんぼく》が立たない。

「なんだとう？　戸田《とだ》も塩谷《しおや》も駄目なのか。おい、どうなってんだ」

執行が声を荒げた。今日に限って、どういうわけか、なかなか代わりが見つからない。いつもなら、選《え》り好《ごの》みしなければ、体が空《あ》いているドラマーなど容易《たやす》く捕まる。執行は銀座に顔が広く、バンドマンにツテも多い。その執行がドラマーひとり捕まえられないのは、珍しいことだった。

「まいったな……。代演が捕まらん。週末だからか？」

執行が頭を抱えてカウンターにやってきた。カウンターにいた加瀬が心配して、

「大丈夫ですか」

「どういうわけか、みんな出払っちまってる。他のホールから応援を頼んだが、全部断られた。いつもなら、やりくりに応じてくれるんだが、週末の一番盛り上がる時間帯だしな」

時計を見ながら、焦《あせ》っている。

「せめて、澤地のショーの間だけでも誰かに入ってもらわないと……」

アクシデントの気配は、常連客にも伝わっていた。

今夜も次々と席が埋まっていく。背広の客、女連れ……。そして十一番テーブルには、坂口と笠原尚紀の姿もあった。ようやくレポートが片づいて久しぶりに訪れたところだった。

「変ですね。今日はなんだかシンプルなナンバーばかりだ」

「ドラムがいないな」

「そういえば、昨日もウッドベースが初めて見る人だったんですよ。メンバーの入れ替えでもあったんですかね」

マリーの歌う曲も、今日はピアノ伴奏《ばんそう》のみばかりで、アップテンポなものがない。

(何かあったかな……?)

「そういえば、坂口。最近、女連れでレガーロに来てるそうじゃないか」

「え? ああ、ははは。……と、ともだちですよ。ともだち」

黒縁眼鏡を必死にあげながら、坂口は引きつった笑いを返した。美奈子を連れてきていることは、内緒だ。「誰にも言っては駄目」と美奈子から口止めされていたのだ。

「えー……と。その。実は……加瀬さんのファンがいるんです」

「かげ……加瀬さんの?」

直江は怪訝《けげん》な顔をした。坂口はにやにやとうなずき、

「聞けば、最近の女学生が追いかけるのは、ロカビリー歌手だけじゃないようで。バーテンダーなんかにもファンがついてるらしいですよ」

直江は思わずカウンターを振り返ってしまった。加瀬賢三こと景虎が立っている。

どこか憂《うれ》いを帯びた表情で、クールにシェーカーを振る姿は、確かに女性の目には好ましいものがありそうだ。

「まあ、いい男だしな……」

「あれえ？　笠原先輩、嫉妬《しっと》してるんですか」

「馬鹿。そんなんじゃない」

呑気《のんき》な客の詮索《せんさく》とは裏腹に、バックヤードはまだ混乱していた。

澤地のショーまであと三十分しかない。すでに本人も楽屋入りしている。なのに、まだドラムの代演が捕まらない。右往左往《うおうさおう》する執行たちを見て、加瀬は「妙だな」と感じていた。二日続けてバンドマンが怪我で使いものにならなくなり、しかも代演が捕まらないとは。

「こうなったら、おいナッツ。ちょっとついてこい。今から知り合いのホールに乗り込んで、ドラマーだけ力ずくでかっさらって……」

「ちょっと！　無茶しないでくださいよ、社長！」

出ていこうとしたそこへ……。

入口の扉が開いて、客がひとり、入ってきた。

中年の女性客だ。目が覚めるような赤のタイトスカートスーツに、高そうなファーコートを羽織っている。加瀬には見慣れない客だった。だが、執行のほうは見覚えがあったらしい。

「おい。おまえ……」

「お久しぶり。執行さん」

ショートカットが似合う美貌《びぼう》の女性だった。理知的な目元に印象的なほくろがある。

「早枝子《さえこ》……。おまえ、南《みなみ》早枝子か」

　ふたりは知り合い同士だった。

　早枝子と呼ばれた女性は、革製ハンドバッグを小脇に抱え、高いヒールで颯爽《さっそう》と入口の階段を下りてくる。隙《すき》のない着こなしといい、身のこなしといい、いかにも「やり手」といった雰囲気だ。気位の高そうな瞳が、執行を見て微笑《ほほえ》んだ。

「南は旧姓。今は青木《あおき》。なに？　その幽霊《ゆうれい》を見るような眼」

「いや……、銀座に戻ってたとは」

　早枝子はスマートな身のこなしでカウンターのスツールに腰掛けると、加瀬に「ビールを」と注文し、執行に名刺を差し出した。

「青木プロダクション社長……。って、おまえ、社長なのか」

「ええ。歌はもうやめたの。今はタレント事務所をやってる。銀座で話題のレガーロってお店を一度見ておこうと思ってね。いい子がいるみたいじゃない」

　ライターを取りだして、手慣れた仕草《しぐさ》で、煙草《たばこ》に火を点《つ》ける。

　執行は珍しく神妙な顔になっていた。

「スカウトに来たのか」

「そんなところね。……ああ、そういえば、よその店で聞いたわよ。代演のドラム探してるって。よければ、うちのドラマー、ひとり貸しましょうか？」

「いるのか!」

「若いドラマーだけど、腕は確かよ。連絡すれば、すぐに来れるはず」

「悪いな。ギャラは」

早枝子は五本指を立ててみせた。

「五万《ゲーマン》か……。足許《あしもと》見るなあ」

「なに言ってるの。五千《ゲーセン》よ」

「いいのか」

「あなたと私の仲だもの。なんなら三日で一万《ツェーマン》でどう?」

「そりゃ助かる」

早枝子は艶《なま》めかしく微笑んで「電話貸してくださる?」と言った。フロア・マネージャーが事務所へと案内した。

「今の女の人……古い知り合いか何かですか」

カウンターから加瀬が問いかけた。執行も崩れるようにスツールに腰掛け、安堵《あんど》の息をついた。

「旧姓・南早枝子。俺が育てたジャズ歌手だ。といっても戦前の話だが」

「へえ。歌姫だったんですか。あの怖そうなおばさんが」

ナッツこと名詰幸太の軽口を、加瀬がたしなめた。執行は懐かしそうに目を細め、

「昔はマリー以上に人気があったんだぜ。銀座でも引っ張りだこだった。ホール専属じゃなかったから、熱心なファンは彼女の出演情報を手に入れようと躍起《やっき》になって、銀座中、追っかけてたよ。俺が育てた中でも才能はピカイチだった。いい歌い手だった。本当に」

「歌はやめたって言ってましたけど」

「戦争が始まったからな。俺は戦地に行っちまったから、その後のことは知らない。風の噂《うわさ》じゃ故郷に戻って結婚したって聞いてたが……。まさか銀座に戻ってるとはね。しかも芸能プロの社長とは」

「……あの人ですよ。執行さん。例の新興《しんこう》事務所の」

執行に声をかけてきたのは、先程までテーブルにいた常連客だった。音楽評論家の野中大二郎《のなかだいじろう》だ。執行とは昔馴染《むかしなじ》みで、音楽雑誌の記事によくレガーロの出身者を取り上げてくれる男でもあった。

「例のって……」

「最近、銀座界隈のホールにタレントをたくさん送り込んでるっていう。新興にしてはやけに羽振《はぶ》りがいいって話ですよ。お抱えタレントもこの半年で、三倍になってるって」

「例のアオプロか」

「たいそうなギャラをちらつかせて、タレントをかき集めてるって。しかも結構あこぎな手を使って仕事とってるらしいですよ。バックにでかい組がついてるとか、ついてないとか」

執行と加瀬は、顔を見合わせた。

「いいんですか。アオプロなんかに借り作って」

仕方ないだろう、と執行は煙草に火を点けた。

「この二、三日だけの話だ。それに早枝子は古い友人じゃないか」

「昔の早枝子さんと思ったら大間違いですよ。『かみそり女社長』とか『銀座の魔女』なんて呼ばれてるんですから。甘い顔すると足元掬《すく》われますよ」

野中の脅《おど》しには執行も当惑した。

「どういう意味だ。それ」

「戦争は人を変えるって話です。いろいろ苦労したんじゃないですか」

そこへ、当の早枝子が戻ってきた。代演者と話がついたらしい。

「二十分くらいで着くそうよ。せっかくだから、私も聴いていこうかしら」

野中はそそくさとテーブルに戻っていった。早枝子はダブルのスコッチを「オン・ザ・ロックで」と注文した。いかにも夜を熟知している女の振る舞いだった。

早枝子が手配した代演のドラマーは、ショーの開始十分前にやってきた。

「どうも。白木丈司《しらきじようじ》です」

執行は目を剝《む》いた。

「おい、この男、もしかしなくても」

「ええ。そうよ。ニューヨークのジャズコンテストで、去年、賞を獲《と》った白木丈司」

本場ニューヨーク帰りの、いま最も注目を浴びている若手ドラマーではないか。銀座でも引っ張りだこで、どこのホールも喉《のど》から手が出るほど欲しがっている男だ。代演でヒョイと出るなど本来なら考えられない。

「……なんで」

「うちに先日、所属したばかりなの。たまたま今日は体が空いてたって。澤地と組むのは、初めてでしょ。面白《おもしろ》そうだから」

楽屋で顔合わせをしたマリーたちも、びっくりしている。こうしてショーは無事始まった。代演のサプライズに観客は大盛り上がりだ。レガーロメンバーとのセッションも見事で、店内は興奮の嵐《あらし》となった。

執行と早枝子は、カウンターのスツールから見守っている。加瀬はふたりの会話にじっと耳を傾けている。

「どう？　よければ白木を使わない？」

「使ってみたいのは山々だが、白木クラスにギャラを出せる余裕がない。うちにはサムもいるし」

「あら。サムくんて専属なの？」

「女癖《おんなぐせ》は悪いが、腕はいいよ。バンドとしてのバランスもいい」

「ふー……ん。商売っ気ないのね。あなただったら、大きなプロダクションのひとつやふたつ、自分の手で作れそうなのに。戦争に行って腑抜《ふぬ》けになったの？」

「欲がなくなっちまったんだ。金儲《もう》けに興味がなくなった。それだけさ」

「……つまらない男になったのね」

早枝子が突き放すように言った。これには、加瀬のほうがピクリと眉《まゆ》を吊《つ》り上げた。

「昔のあなた、もっとギラギラしてた。上ばかり目指してた。それが魅力的だったのに」

「おまえさんこそ、変わったな。歌さえ歌っていられれば幸せだった娘が、今じゃ『かみそり女社長』とは……」

執行の言葉を、早枝子は鼻でせせら笑い、露悪《ろあく》的に煙草を吹かした。

「変わらなきゃ食べていけなかったのよ。終戦後の物資不足を誰が助けてくれたというの？みんな闇市《やみいち》に手を出してやっと凌いだんじゃない。闇市で挙げられた人を裁く裁判官は、律儀《りちぎ》に法律を守って、飢え死にしたのよ。それと一緒よ」

「旦那《だんな》はどうしたんだ？」

「旦那？　私が養ってるわ。南方帰りの傷痍《しょうい》軍人なの。実家で寝たきりよ。年金なんかじゃ食べていけなかったから、出稼ぎに来たわけ。復員してやっと働き手ができたと思ったら、とんだお荷物よね」

執行は黙り込んだ。お互いの間に横たわる「時間」という溝《みぞ》を、噛みしめている。

ホールに響く陽気な歌声が、いっそう虚《むな》しく聴こえていた。

「早枝子……。俺は」

「あの子ね、看板のマリーって子は。……いいじゃない。私とはタイプが違うけど、歌に華があるわ」

グラスをつまむ手に煙草を挟んで、早枝子はマリーの声に耳を傾けている。

澤地とのデュエットが始まると、ますますステージは盛り上がった。

「あれが今、あなたの育てている子なのね……」

早枝子と執行、ふたりの間に流れる微妙な空気が、カウンターの中から見守る加瀬にも伝わった。単に元歌手とプロデューサーという関係ではなさそうだということも。

「あの子、うちでデビューさせたら、もっと売れるわよ。私に預けない？」

「本人に訊《き》け。俺に訊くな」

「……ふふ。かっこつけちゃって。また来るわ」

ごちそうさま、というと、伝票を持って出口へと去っていった。執行はどこか切なげに背中を見送るばかりだ。加瀬が心配そうに執行を見ている。

「ちょっと見ない間にしたたかな女になったもんだ。昔はもっと可愛げがあったもんだが」

「……社長。もしかして、あのひと」

ん？　と執行が怪訝な顔をした。

加瀬は先を言うのを躊躇《ためら》い、言葉を呑み込んでしまった。

ステージは盛り上がっている。白木を得たバンドの演奏は、互いに競い合いながらヒートアップし、今までになくエキサイティングだ。そこにマリーと澤地の熱唱が加わる。聴衆は大興奮だ。坂口と直江も、喜んで喝采《かっさい》を送っている。

早枝子が飲み干したスコッチの、氷が崩れた。

グラスに残る赤い口紅の痕《あと》を、加瀬は険《けわ》しい表情で凝視《ぎょうし》している。

*

外は雪がちらついていた。

終電は過ぎ、ガード下も静かになった。線路を保守する作業員が出ているのか、レールのボルトを叩《たた》く音だけが響いている。仕事を終えて店から出てきた加瀬を、待っていた男がいる。

笠原尚紀、こと直江信綱《おお》だった。

マフラーで口許を覆い、肩はうっすら雪が覆っている。加瀬が立ち止まったのを見て、一緒に出てきた名詰幸太が「誰ですか」と訊ねた。加瀬は振り返り、

「悪い、ナッツ。今日は先に帰っててくれ」

と言った。ナッツ。ナッツが去ったのを見計らい、加瀬賢三こと景虎は、溜息をついた。

「久しぶりに店に来たと思ったら。そんな険しい顔でずっと待ってたのか」

「あなたに一言、言いたいことがあります」

「だったら、バーにでも……」

と言いかけて、そんな雰囲気ではないと気づいた。直江は険しい顔を崩さない。察して、景虎はポケットに手を突っ込んだ。

「……朽木のことか」

「なんでそんなに朽木にこだわるんですか」

直江は低く問いかけた。

「信長には家族を殺されたのではないのですか」

「家族だけじゃない。おまえも殺された」

意表を突かれ、直江は黙った。景虎は重苦しい表情だ。

直江は後ろめたい気分になった。

「……。私のことはともかく、なぜ見逃《みのが》すような真似《まね》を？」

「………」

「同僚だったという理由だけで、家族を殺した張本人を許すのですか。記憶がないからといって……。信長が命じたのは間違いないんですよ」

「復讐《ふくしゅう》をしろとでも？　換生者とはいえ、生き人《いびと》を殺すのは駄目だ。オレたちは死者を《調伏》するが、人殺しは」

「そんな大義名分《たいぎめいぶん》をいつまで言い訳に使う気ですか」

景虎がキッと睨《にら》み返した。直江は負けじと、

「なぜそんなに朽木という男に執着《しゅうちゃく》するのです。信長を許すのですか。許せるのですか。敵に別の人格を与えて、それでよしとするなんて、そんな決着は我慢できません」

「だったら、どうするつもりだ。非を認めさせて罪を償《つぐな》わせるか？」

「《調伏》すべきです。あの男は怨霊です」

「だが今は生きている」

「生きているといえど、怨霊です」

「オレたちもな」

ふたりは路上で睨み合った。

景虎は吐息して、ハンチング帽をかぶり直した。

「……いつもの不毛な水掛け論だな。ただこれだけは言っておく。直江。一番重要なのは、これ以上の犠牲《ぎせい》を出さないことだ。信長という柱がなければ、織田も六王教《ろくおうきょう》も、活動の意義を見失う。信長による日本の再構築が、連中の目的だ。だったら、旗《はた》を奪《うば》うだけだ。信長が信長でなくなれば、それで終わりだ」

「…………。織田が許すとも思えませんが」

「だから織田は潰す。六王教も」

景虎は帽子のつばの陰《かげ》にある瞳を鋭く光らせた。

「それだけは手控えるつもりはない。徹底的にやる。どんな手段を用いても」

強い気迫《きはく》と覚悟に、直江は思わず息を止めた。語調には殺気《さっき》すらこもっていた。その一言に、理性の蓋《ふた》で押さえこまれている暗い復讐心が垣間《かいま》見えた。消そうとしても消せない暗い炎が。

（この人は……）

もしかして、自分自身を恐れているのではないか。

ともすると、憎しみと報復の衝動《しょうどう》だけで相手に襲《おそ》いかかりそうになる自分を。どうにか抑《おさ》え込もうとしている気配が、その目つきから伝わるのだ。

（感情に呑まれてしまえば、自分が止められなくなるとわかるから）

肉親の命を理不尽《りふじん》にも奪われて、気持ちが荒ぶらなかった瞬間など、ない。葛藤《かっとう》しているに決まっている。朽木が信長だとわかった時から、ずっと。

（あなたは決してそれを見せようとはしないが）

荒ぶる感情も、自分ひとりで「処理」して、呑み込んで……。誰にもぶつけることなく自己完結してしまう景虎の姿が、直江には淋しかった。景虎にはそういうところがある。四百年一緒にいても、どうしても破れない壁があり、その壁の向こうにいる「彼」に触れることは、容易にはできないのだ。

(俺にぶつけてはくれないのか)

「……。言い分はわかりました。ですが、朽木奪還《だっかん》が可能かどうか。慎重《しんちょう》に見極める必要があります」

「わかってる。朽木が今どこにどんな状態でいるのか。充分把握《はあく》した上で改めて対応を練る。あとは状況次第だ。八海たちの情報を待とう。それより」

と景虎が店のほうを振り返った。

「ひとつ、気になることがある」

「レガーロに何か？」

「昨日今日とバンドマンが怪我でステージに立てなくなった。それで代演を立てたんだが」

「ベースとドラムのことですね。様子が変だと思ってました」

「ああ。この一件なにか裏がありそうだ」

「裏とは？」

「そこはまだなんとも言えないが、今日の代演ドラマーを社長に紹介した女がいた。執行社長の古い知り合いで、芸能事務所の社長らしいんだが……」

ちらつく街灯の下で、景虎の目つきが鋭くなった。

「あの女、霊を抱着《ほうちゃく》させていた」

「霊を？　それはどういう類《たぐい》の？」

「詳しく霊査《れいさ》する前に去ってしまった。守護霊かとも思ったが、護気《ごき》にしては曰《いわ》くありな感じだった。しかも数体。憑依《ひょうい》は確認できなかったが、何らか影響が出ているはずだ。直江、おまえに頼みがある」

「なんでしょう」

「あの女を調べてくれ」

景虎が内ポケットからメモを取りだして、直江に渡した。

「名刺から写し取った連絡先だ。名は青木早枝子」

「……タレント事務所ですか。わかりました。さっそく監視して霊査をしてみます」

「オレは明日、怪我をしたバンドマンたちから状況を詳しく聞いてみる。ただの偶然であればいいんだが」

不穏な気配がする。

街灯の光に、降る雪が照らされる。いつしか牡丹雪《ぼたんゆき》のようになっている。

景虎の視線を追って、直江も空を見上げた。雪雲が低く垂れ込め、ネオンを映してオレンジ色を帯びている。

高架橋の赤煉瓦壁もうっすらと白くなってきた。

あたかもヴェールをかけられたかのように。

第二章　プウジャの呪い

翌日、景虎《かげとら》はマリーとともに病院を訪れた。

外科病棟には独特の消毒薬のにおいがした。交通事故に遭《あ》ったドラムのサムが入院している。幸い、サムは元気そうだった。ただ、肝心《かんじん》の右腕と右足を骨折してしまい、スティックも当面持てそうにない。

「いや、まいったよ。直進しようとしてたら、いきなり斜め前の車が車線変更してくんだもん。あぶねえ、ってブレーキかけて転んで、すっとばされて、このざまよ」

サムはバイクに乗っていたところを事故に遭ったという。右足を吊《つ》ってベッドに横たわり、つまらなそうに、自由が効く左手でテーブルを叩《たた》いている。

「災難だったわね」

マリーが花瓶《かびん》に見舞いの花をさした。景虎はベッド横の椅子《いす》に腰掛け、

「無理に割り込まれたのか。その車は？　逃げたのか」

「ああ。スッ転んで気がついた時にはもう……。というより俺が気づくの遅れたんだよな」

「遅れた？　脇見でもしてたのか？」

「いや。なんか急に目が霞《かす》んで……。一瞬、霧《きり》でも出てきたのかって思ったんだけど、ぱっと視界が晴れたと思ったら、前の車が車線変更してきてて、あとはこのとおり」

とサムはギプスで固めた腕を見せた。

「なんだったのかな。煙だったら、突っ込む前に見えたはずだし。煙というよりは、やっぱり霧みたいだったし。貧血か何かだったのかなあ」

腑《ふ》に落ちない。サムの話を聞きながら、景虎は顎《あご》に手をかけた。……つまり、原因は相手の車ではなく、サム自身だということか。

「そういう状態になったのは、これが初めてか？　何か他に気になることは」

「初めてだよ。うちのじーさんが脳溢血《のういっけつ》になった時も、視野が霞んだって言ってたから、俺もそれなんじゃないかって怖くなったけど」

「他に自覚症状は？　肩が重いとか、幻聴《げんちょう》がするとか」

「夢見が悪かったくらいかな……。土砂崩れに埋もれる、変な夢を」

景虎は眉間《みけん》を曇《くも》らせた。土砂崩れ、という一言に唐突《とうとつ》さを感じた。台風の季節でもなく、土砂崩れが頻繁《ひんぱん》に起こる季節でもない。どこからそのイメージはやってきたのか。

「前にもそんな夢を？」

「いや別に。海育ちで山とも縁がないけどね。けど、夢とはいえ生々しかったな。山の斜面がごっそり崩れて森全体がこっちに押し寄せてくるんだ。土に埋もれて、ああ死ぬんだ、と思ったよ。目が覚めてよかった。あれのせいで朝から調子がよくなかったんだ」

サムからはそれ以上のことは聞き出せなかった。景虎は立ち上がり、

「……そうか。ありがとう。サム。早く治して店に戻ってこいよ。みんな待ってる」

マリーとともに病室の外に出た。

廊下には白衣の医師が往き来する。忙しく立ち働く看護婦たちを横目に見ながら、マリーが言った。

「霊査《れいさ》してみた。サムの周りには特に何もいないけど」

「どうも気になる」

景虎は壁にもたれて腕組みした。

「腰を痛めた五反田《ごたんだ》も、聞けば、駅の階段で足を踏み外して腰を打ったせいだそうだ。実は、同じ様なことを言っていた。突然、目が霞んで、階段が見えなくなったんだって」

「サムと一緒じゃない」

「同じ病気でなければ、何か外部から作用するものがあったに違いない」

作用？　とマリーが問いかけた。景虎はうなずいてハンチング帽をかぶった。

「たとえば、……霊のしわざとか」

「ちょっと。いくら私たちがその筋の人間だからって、なんでも霊のしわざにするのは行き過

ぎじゃないかしら」

「そうでもないさ」

景虎には確信があった。青木早枝子《あおきさえこ》だ。不自然に霊を抱着《ほうちゃく》させていた女。まるで代演が必要となる機会を狙《ねら》い澄《す》ましたかのように、レガーロへと現れた。

「もう一度、五反田に会って詳しい話を聞いてくる」

「どういうこと？　まさか本気で怨霊《おんりょう》が関わってるっていうの？」

「夢の話も気になるが、サムのここ」

と景虎は肩越しに振り返って、自分の頸動脈《けいどうみゃく》辺りを指で差した。

「赤いアザがあった。指で首を絞められた痕《あと》みたいに見える。同じアザが五反田の首にもあった」

「なんですって」

「ふたりの怪我《けが》は、何者かに仕組まれたものだ。呪詛《じゅそ》の可能性もある。念のため、他のメンバーにも身辺に気をつけるよう伝えておいてくれ。できれば、晴家《はるいえ》。おまえから護符《ごふ》を」

わかった、とマリーが答えると、景虎は足早に階段を下りていった。廊下には院内放送が響《ひび》いた。不安そうに立ち尽くすマリーに、後ろから声をかけてきた者がいる。

「おい、そこにいるのはマリーじゃないか。こんなところで何してる」

振り返ると、体格のいい白衣の医師が驚いた顔で立っている。

健康的な浅黒い肌に、銀縁眼鏡をかけた目つきの鋭い中年医師だ。マリーは「あっ」と口を押さえた。

「色部《いろべ》さん……？　色部さんじゃないですか！」

胸に「佐々木《ささき》」という名札をつけた医師は、手を挙げて、にこりと笑った。

＊

一方、直江《なおえ》はさっそく青木早枝子の身辺調査に乗り出した。

彼女の事務所は、赤坂《あかさか》にある。米軍住宅のしゃれた建て構えが並び、辺りには米兵のための店なども多い。こぎれいなビルの最上階が彼女の事務所だった。

早枝子は朝から精力的だ。小一時間ほど事務所で仕事を済ませると、すぐにクライアントとの打ち合わせに出かける。千駄ケ谷《せんだがや》の録音スタジオ、渋谷《しぶや》のテレビ局、蒲田《かまた》の撮影所……。それはそれはよく動く。夕方には銀座《ぎんざ》に来て、空《あ》いた時間で喫茶店《きっさてん》に入り、脚本チェック。夜は映画会社の人間を接待だとか。

（タフな女性だな……）

喫茶店で、少し離れた席を陣取り、直江は早枝子を監視している。

早枝子は、赤い天鵞絨風《ビロードふう》のぶかぶかした椅子に腰掛け、珈琲《コーヒー》を味わっている。

元歌姫だけあって容姿も華《はな》やかだ。高いヒールをカツカツと鳴らし、腰を振って歩く姿にも、色気があった。気を張った化粧は常に崩さず、着こなしにも隙《すき》がない。耳には大きなイヤリング、細い指には大きなルビーの指輪が輝いている。

——執行《しぎょう》社長が育てた元歌手だそうだ。

景虎の言葉を思い出した。

——でも、それだけじゃないな。あのふたり、昔、何かあったんじゃないかな。

——何か、とは。

——あの執行社長が珍しく寡黙《かもく》だった。彼女のほうも、あれはただマリーを見に来たって感じじゃない。

——恋人同士だった、とか？

——さあ。社長は、自分が育てたタレントには手を出さない主義だそうだが……。

抱着している霊のほうは、まだ正体がはっきりしない。霊齢《れいれい》は若くない。少なくとも戦時中の霊ではない。およそ四体。時折それが増えたり減ったりしている。早枝子が引き寄せているのか、それとも。

（真意……か。と言われてもな）

幸い、大学も休みに入り、時間は充分ある。早枝子の監視を始めて三日目のことだった。

早枝子は毎日、同じ喫茶店に入る。必ずひとりで。そこでも仕事をしている。夜は遅くまで取り引き先との接待があるから、その前に珈琲で一服。それが日課のようだ。

これから売り出す予定の新人がいるらしく、そのマネージメントに力を入れている。

(夫を実家に置いて、都会のマンションでひとり暮らしか。野心満々の、大した女だな)

腕時計を見た早枝子が伝票を持って立ち上がった。そのままレジに行くか、と思いきや、不意にこちらに近づいてきた。直江は慌《あわ》てて本を読むフリをした。すると——。

「あなた、昨日もこの時間にいたわね」

顔をあげると、そこに当の早枝子が立っているではないか。

直江は内心、うろたえた。が、平静を装《よそお》い、

「はい。何か」

「なかなかのハンサム・ボーイね。あなた、芸能界に興味はない？」

(は？)

さしもの直江も一瞬、ぽかんとした。早枝子は強気な語調で、

「歌や映画に興味はないかって聞いたのよ」

「興味は……あります。ジャズはよく聴きに行きます。歌も楽器もからっきしですが」

すると、早枝子が一枚のパンフレットを差し出した。有名な映画会社の名が入っている。

「今度、映画の新人オーディションがあるんだけど、受けてみる気はない？　うちの事務所に所属すれば、できる限りバックアップするわよ」

直江は面食《めんく》らった。これはスカウトというやつではないか。

なんで自分が、と思い、本来ならすぐ断るところだが、「待てよ」と思い直した。

(もしかして、これは彼女に近づくいいチャンスじゃないか)

レガーロに現れた意図《いと》も探れるかもしれない。好都合だ。

「でも演技なんて……。それに学生ですし」

「学生でもいいのよ。デビューはものになるかならないか、見極めてからでも遅くないわ。どう？　受けるだけ受けてみない？」

早枝子のほうは本気だ。直江は意を決し、

「そういうことでしたら、一度だけ。お世話になります」

＊

「なんだって？　映画の新人オーディションを受ける？」

その夜、レガーロを訪れた直江は、カウンター席に座り、中に立つ景虎へと報告した。景虎はびっくりして、拭《ふ》いていたグラスを落としかけた。

「おまえ、医者をやめて、そういう方向に……」

「なに勘違《かんちが》いしてるんですか。あくまで青木早枝子に近づくための口実です。本当に受けるなんて言ってません」

経緯《けいい》を聞いて、景虎は胸を撫《な》で下ろした。晴家ならともかく、直江が芸能界など、あまりにも不似合いだと思ったからだ。口実だと知ると、今度は逆におかしくなってきて、肩を揺らして笑い始めた。

「なんですか。失礼ですね」

「いや……おまえが映画のオーディションなんて。映画……ははは」

つぼに入ったのか、景虎はしばらく笑い続けた。

「そんなに笑われるのは心外です」

「すまん……。まあ、外見は色男だからな。運良く受かったら、そのままデビューしてしまえ。そうすれば、金も女も名声も思いのままになるぞ」

「やめてください。からかうのは」

直江は口を尖《とが》らせて、ビールを呑《の》んだ。

「……それはともかく青木早枝子。いろいろと判明してきました。事務所を立ち上げたのは二年前。もともと、銀座で雇われママをしていたようですが、出資者を得て芸能事務所を本格的に立ち上げたそうです。バンドマンのマネージメントから始めて、最近では、銀座でホール経営にまで手を広げているようです」

「ホール経営?」

「ええ。エル・グランという老舗《しにせ》キャバレー。あそこを買い取って今は彼女がオーナーになってますよ。大した野心家であることには間違いありませんね。ただ、そこの従業員から聞いたのですが、ずいぶんと荒《あら》っぽい買収方法だったようです」

景虎は顔を寄せて「というと？」と問いかけた。直江も辺りに視線を配り、顔を近づけ、

「買収に応じないオーナーに脅迫《きょうはく》まがいをしてたとか。バンドのメンバーに手を回して、出演拒否するよう仕向けたようです」

「出演拒否だと？　どうやって」

「金でも渡されたのか、圧力をかけられたのか。店は腕のいいバンドマンが全《まつた》く出演してくれなくなって客が激減したとか。屋台骨《やたいぼね》が傾いて買収に応じたと」

聞いていた景虎は、厳しい目つきになっている。

「買収どころか、乗っ取りだな。まるで」

「バックに暴力団がついてるんじゃないかって、もっぱらの噂《うわさ》です。今回のレガーロの代演騒動も、代演者が全く捕まらなかったと聞きました。もしかしたら」

「レガーロを乗っ取ろうとしている？　あの女が」

直江はカウンターに腕をついて、真顔でうなずいた。景虎は思わずステージを見た。

マリーの後ろでドラムを叩いている代演者。彼は青木事務所《プロダクション》の所属だ。

「それが本当だとしたら、まずいな」

「エル・グランも前のオーナーの頃は、音楽愛好者に人気の良心的な店でしたが、今は方針が変わって金儲《もう》け主義になったとか。その青木が、レガーロの人気に目をつけたのかもしれません」

「社長は知ってるんだろうか」

「執行社長と青木に何があったかはわかりませんが、弱味があるとしたら、そこを狙われる可能性もありますね」

景虎は眉間に皺《しわ》を刻《きざ》んで、黙り込んでしまった。バンドのメンバーに怪我人が続いたのも、青木が仕組んだことなのか。

「……抱着した霊については？」

「霊査は試みましたが、少し古い霊のようです。明らかに守護霊ではありませんね。怨霊の類《たぐい》だと思います。だが彼女との因果関係がまだ――」

「そうか。晴家に霊査させてみるか？」

「青木がレガーロを狙っているとしたら、マリーと接触させるのは、あまりよくないかと。私がもう少し接近して調べてみます。怪我をしたバンドマンの様子はどうですか」

「ああ。どちらも命に別状はないが、十中八九、霊のしわざだな」

「霊ですか」

「サムも五反田も、首を絞められたような手の痕があった。どちらも誰かに首を絞められたような覚えはないと」

直江が怪訝《けげん》そうに身を乗り出した。確かに偶然とは思えない。

「その霊たちと青木の霊は、何か関係があると……？」

「わからない。決定的瞬間が捉《とら》えられていないから、まだなんとも」

「呪詛《じゅそ》の可能性もある」

直江の背後から、男の声があがった。どきり、として振り返ると、客がひとり立っている。スーツに身を包んだ体格のいい男だ。野性的な風貌《ふうぼう》に、銀縁の眼鏡。眼光鋭い中年男は、ふたりを見ると、微笑《ほほえ》みかけてきた。

「久しぶりだな。景虎。直江」

「色部さん！」

そこにいたのは、上杉夜叉衆《うえすぎやしゃしゅう》四人目の男——色部勝長《かつなが》だった。

今は「佐々木由紀雄《ゆきお》」を名乗っている。勝長は直江の隣に腰掛けた。

「お久しぶりです。いつから東京に」

「一週間ほど前だ。インターンの指導要員として呼ばれた。相変わらず流浪《るろう》の医者だがね」

勝長は五人いる夜叉衆の中でも、一番の古株《ふるかぶ》だ。一癖《ひとくせ》も二癖《ふたくせ》もある夜叉衆の中では、目立って優《すぐ》れた霊能力こそないが、思慮《しりょ》と懐《ふところ》の深さで、一目置かれている。縁の下の力持ちだ。

腕のいい循環器《じゅんかんき》科の医師だが、ひとつの病院に腰を落ち着けることはなく、あちらこちらと渡り歩いている。終戦直後の混乱期は、闇市《やみいち》で医療行為を行ったりもしていた。

「晴家から聞きました。病院で会ったと」

景虎が夜叉衆の中で唯一、敬語で接する相手だ。勝長もまた景虎の臣下だが、景虎にとっては人生の先輩といえる男だった。

「なに呑みます。おごりますよ」

「そうか。悪いな。なら、シングルモルト。オン・ザ・ロックで」

景虎が手を動かしている間、勝長は語った。

「……晴家から話を聞いて、例のサムという男を査《み》てみた。あの首のアザだが、ちょっとひょんなところで見た覚えがあってな」

「見覚えが？　どこでです」

「ニューギニアだ」

直江は目を見開き、景虎もウィスキーを注《そそ》ぐ手を止めた。

勝長は軍医として、ニューギニア戦線に赴《おもむ》いた過去がある。

「ニューギニア……。最前線の激戦地でしたね」

「ああ。マッカーサーの率いる米軍と豪《ごう》軍とを相手にな。だがマッカーサーが北岸を制圧してニューギニア戦に決着をつけ北上を始めると、生き残った我々は後方戦線へと取り残された。その後は、ジャングルの中で、飢餓《きが》とマラリアとの闘《たたか》いだった」

勝長は薬もろくにない状況で、次々とマラリアに倒れていく兵たちの看病に明け暮れた。飢餓を解消すべく、畑を耕《たがや》し、とにかく生き延びることだけが彼らの闘いとなった。

「どうにか無事終戦まで生き延びた我々は、その後、収容所に集められ、帰還船を待つことになったんだが、今度はマラリアとも違う、奇妙な症状で倒れる者が続いた。彼らは、首に、手で絞められた痕のような、赤いアザができていた」

「赤いアザ……。日本兵の収容所で、ですか」

「ああ。最初の症状が目の霞みだった。そのうち視野狭窄《きょうさく》が起き、高熱を発し、喉《のど》のアザがただれて、急速に衰弱《すいじゃく》、死んでいった。立て続けに三人、まるで伝染するかのように」

直江と景虎は、神妙な顔になって問いかけた。

「どういうことですか。感染症?」

「マラリアの症状ではなかった。治療方法もわからず、対症療法《たいしょうりょうほう》だけしか手がなかった。難儀《なんぎ》していた時、収容所で働いていた現地の住民から聞いたんだ。あれは、地元に伝わる古い呪詛だと」

「ニューギニアの呪詛……?」

「現地の土俗《どぞく》信仰によるものだそうだ。六本指と六本の手を持つ怪物の名前から『プウジャの呪《のろ》い』と呼ばれてる」

「〝プウジャ〟……」

景虎はサムたちのアザを思い出した。六本の指……。

「ともかく呪詛除《よ》けを施《ほどこ》して、呪者《じゆしや》をつきとめようとしたが、見つける前に帰還船がやってきた。犯人は見つからなかったが、呪詛除けが効いたか、それ以上は死者も出ず」

無事、全員帰還できたという。

それと同じアザをサムたちの首に発見したので、勝長は驚いたのだ。

「しかし、なんだってそんな異国の呪詛が、レガーロのバンドマンを……」

「わからん。南方の土俗信仰の呪詛法が、なぜこの日本で行われたのかも」

謎が謎を呼ぶ。とはこのことか。ますますわからなくなってきた。

景虎がウィスキーグラスを勝長のほうへ、そっと押し出した。

「その時狙われたのは、日本兵だけですか。つまり現地人が日本兵を憎んで」

「まあ、戦争だったから恨まれても仕方ないが、奇妙だったのは、その呪いを受けた者は皆、プリズナーと呼ばれる戦中捕虜《ほりよ》だったことだ」

それは？　と直江が問いかけた。勝長はウィスキーを呑みながら、

「うちの収容所には、二種類の捕虜がいた。終戦前に投降した捕虜が〝プリズナー〟と呼ばれ、終戦後に降伏した捕虜は〝降伏日本人〟――〝ＪＳＰ〟と呼ばれてた。いわば、プリズナーは収容所の先輩だな。彼らは、収容所のあれこれを知り尽くしてて、連合軍と降伏日本人との間をとりもってた。というより、連合軍側から大きな権限を与えられていて、中には、それをか

さに横暴なふるまいをする者もいた。〝プウジャの呪い〟を受けた者は、奇妙なことに、皆、プリズナーだったんだ」

直江と景虎はますます怪訝な表情になった。

「戦中捕虜のプリズナーだけが呪いを……」

「たまたまだったのか、どうなのか。結局、真相は闇のままだが」

引っかかりを覚え、景虎は黙り込んだ。

フロアからダンサーが引け、ステージに、サックドレスを着込んだマリーが出てきた。歌い始めたのは、ドリス・デイの「センチメンタル・ジャーニー」だ。

勝長は感慨《かんがい》深げに彼女を眺めた。

「念のため、用心はしたほうがいいな。この店の者が狙われてるとしたら」

「護符が効くようなら、施したほうがいいでしょうね」

「ああ。早急に呪者を割り出したほうがいいな。私もしばらく東京にいるから、手伝おう」

「ありがたい。お願いします」

八海《はっかい》率いる「軒猿《のきざる》」たちは、織田《おだ》に関する情報収集で手一杯だ。勝長が加わってくれるのは、願ってもないことだった。

直江は、明日さっそく青木のもとを訪れるというので、早々に帰っていった。残された勝長は、二杯目を呑みながら、景虎に問いかけた。

「……肺のほうは大丈夫なのか」

「はい。いまのところは」

「直江は医学生か。若返ったな」

「……まだ、まともに顔が見られません」

景虎はつまみのナッツを用意して、勝長に差し出した。

「尚紀にも直江にも。……あの時、織田から守れなかったのが悔やまれます」

「責任を感じるのはわかる。だがあまり思い詰めないほうがいい。ガスは想定外だった。どうにもならなかったことだ」

「ええ……。理解はしていますが」

憂《うれ》いを帯びたマリーの歌声が響く。景虎は遠い目をした。

「いつまでこの店にもいられるか。晴家も直江も、やっと明るい道を歩き始めたところなのに……。できることなら繋《つな》げてやりたい。道を未来に」

「同じ言葉をおまえさんにも送るよ。景虎」

「オレのことはいいんです。勝長殿。これ以上なくすものもない。ただ、織田と六王教《ろくおうきょう》を潰《つぶ》すことができたら、換生《かんしょう》は今生《こんじょう》で終わりにしようと考えています」

からん、とグラスの氷が鳴った。勝長は目を見開いた。景虎は真顔だった。

「……………。そうか」

景虎の疲弊《ひへい》は、勝長も充分理解していた。

「それがいいかもしれん。それでおまえさんの心が少しでも軽くなるのなら」

「あなたは優しいひとだな。色部さん」

「直江にはそのこと、告げなくていいのか」

景虎は黙った。

その瞳《ひとみ》はどこかあきらめのような色を湛《たた》えている。横顔を眺める勝長は、複雑だった。

「直江の気持ちにこたえてやるつもりはないのか」

「………。直江をあきさせているのは、自分だというのは、よくわかってる。でも、こたえてしまったら、あいつはいつまでも自由になれない」

先程まで直江がいた席を見た。

直江の気配がうっすらと残る、その席を。

勝長は溜息《ためいき》をついた。

「おまえたちは、難しい。お互い一体どうなりたいんだ」

「………。それを考えているところです。それより」

話題を断ち切るように、景虎が顔をあげた。

「あなたがいた収容所の捕虜、今からリストアップすることはできますか」

「リストアップ？　うーん。名簿を管理してたのは連合国側だし、結構な人数がいたからなあ。

それに戦中捕虜は、名前や経歴をごまかしていることが多かった」

生きて虜囚《りよしゆう》の辱《はずかし》めを受くるなかれ。捕虜になるくらいなら死ね、と兵たちは叩き込まれていたのだ。戦中に投降した者の中にはその汚名を隠すべく、プロフィールを詐称《さしよう》する者もいた。

「いや、待てよ。復員《ふくいん》手続きをした時の名簿があるな。帰還船が佐世保《させぼ》についた時、部隊長が除隊召集解除者名簿や復員人名簿なんかを提出しているはずだ。復員庁……今はそれを引き継いだ厚生省《こうせいしよう》の復員局にあるんじゃないか」

「厚生省……。ですか。閲覧《えつらん》はできますか」

「厚生省の職員に知人がいる。いまは部長クラスに出世しているようだから、ちょっと声をかけてみれば、便宜《べんぎ》を図《はか》ってもらえるかもしれない。しかし、なぜ収容所の名簿を?」

景虎は鋭い目になっている。

勝長は察した。

「……例の呪者は、日本人だというのか」

「その可能性もあります」

「洗い出す気か。名簿から」

こくり、と景虎はうなずいた。勝長は渋《しぶ》い顔でウィスキーを飲み干した。

「同じ日本人が、とは信じたくはないが、可能性は捨て切れんな。わかった。やってみよう」

「お願いします」

その時、わっと喝采《かっさい》が巻き起こった。ステージのマリーが深々とお辞儀《じぎ》をしている。熱気と高揚感《こうようかん》が満ちる中、溢《あふ》れんばかりの喝采を一身に集めるマリーが、ふたりには眩《まぶ》しかった。

*

翌日からさっそく直江は青木早枝子のもとに通うことになった。なりゆきで映画会社の新人オーディションに挑《いど》むことになり、そのレッスンを受けるためだ。もちろん芸の素養など、これほどもない。

「もういいわ。そこまで」

ピアノを弾《ひ》く手を止めて、早枝子は直江を振り返った。呆《あき》れている。

「ジャズを聴くほうは玄人《くろうと》のようだけど、歌はド素人《しろうと》ね」

才能を見極める、と言って、歌わされた直江は、羞恥心《しゅうちしん》でいっぱいだ。人前で歌うことすら、滅多《めった》にあるものではない。

「まあ、いいわ。今日から毎日、歌唱《かしょう》指導の先生のもとに通いなさい」

「毎日ですか」

「オーディションの頃までには、少しは聴けるようになるでしょう。それから演技のほうもね。

いくら新人はあくまで原石とはいえ、学芸会レベルじゃ、審査員も興ざめでしょうから」

直江はますます赤面《せきめん》だ。芝居なんて生まれてこの方、やったこともない。これも任務のため、と耐えるしかなかった。

早枝子はピアノのふたをしめ、これ見よがしに脚《あし》を組んだ。

「あなた、見てくれは申し分ないんだから、自信を持ちなさい。若手のスターとして売り込むんだから、堂々と自分を前に出して。裕次郎《ゆうじろう》や旭《あきら》を見なさい。スクリーンでは、演技なんか下手《へた》っくそでも、内から迸《ほとばし》るものが観客の心を捉えるの。あなた、どうも佇《たたず》まいが若者らしくないのよね。どうして気配を抑《おさ》えるの？　もっと自分を解放して」

「自分を……解放？」

「そうよ。世界に向かって、自分をぶつけるの。そういう気迫《きはく》があなたには足りないわ」

早枝子の指摘は、直江の胸に——自分でも驚くほど——刺さった。

自分がひとからどう見えるか、なんて、思えば、まともに指摘してくれる者もいなかった。

「僕には、ひとの心を捉えるものが、ない……ですか」

「そうじゃないわ。あなたが自分で隠してしまっているのよ。何かに怯《おび》えて、いつも萎縮《いしゅく》しているでしょう。抑圧《よくあつ》されている人間の特徴だわ」

直江はドキリとした。ずばり見透《みす》かされた気がした。

「そういうことが日々重なると、どんどん解放の仕方がわからなくなるものよ。それは表現をする人間には一番よくないことなの。幸い、あなた、色気があるわ。鬱屈《うっくつ》を色気に変えることができるのは、強みよ。ジェームズ・ディーンみたいにね」

「はあ」

「大丈夫。みんな、新人に演技のうまさなんて、はなっから求めちゃいないわ。あとは自分を解放する方法だけ、身につけなさい。……さ、なら出かけるわよ」

早枝子の迫力に押し切られ、直江は困惑しきりだ。

連れていかれた先は、青山《あおやま》にある歌唱レッスンの教室だ。プロの作曲家から直接指導を受けられるという。瀟洒《しょうしゃ》な一戸建てからは、ピアノの音色《ねいろ》と女の歌声が聞こえていた。

早枝子は勝手知ったる様子でレッスン室へと入っていった。

先客がいる。

ピアノの前で、可憐《かれん》な少女が美しい歌声を披露《ひろう》している。

まだ十代半《なか》ばと見える、おさげの少女は、あどけない顔からは想像ができないほど見事な歌唱力だった。鈴を鳴らすような高い声で、おとなびた恋の歌を歌い上げる、そのギャップが、なんとも印象的だ。

すらりと長い手足、ぱっちりとした瞳の清楚《せいそ》な顔立ち。

(誰かに似ている……)

「今度デビューする、うちの秘蔵《ひぞう》っ子《こ》。南方遥香《みなかたはるか》。いずれはあなたと組ませて、裕次郎や浅丘《あさおか》ルリ子級《こ》の青春スターに育てるわ。せいぜい仲良くなさい」

　そう言った早枝子の顔を見て、直江はハッと気づいた。

「……もしかして、あの子は」

「そうよ。私の娘」

　歌う遥香をじっと見つめて、早枝子は冷ややかに言った。

「あの子をデビューさせるために芸能事務所を立ち上げたようなものよ。いずれ押しも押されもせぬ大スターに育て上げるわ。それが私の夢」

「いくつですか。彼女」

「十六。子役時代から活躍《かつやく》している歌手に比べれば、早くはないでしょ。春にもレコードデビューさせるわ。今度のオーディションに受かれば、銀幕デビューが決まる」

　そんな母親の思惑《おもわく》を知ってか知らずか、遥香はろうろうと歌い上げる。

　無垢《むく》な歌声は、天使のようで、直江の胸を素直に打った。

「絶対にスターにしてみせるわ。この私の手で」

　その言葉に暗い執念《しゅうねん》すら感じて、直江は思わず早枝子の横顔を凝視《ぎょうし》した。

　早枝子の眼差《まなざ》しは、野心家のそれだった。執念の塊《かたまり》がそうさせるのか、彼女を見る目には邪《じゃ》気《け》すら孕《はら》んでいる。

　だが直江が見ているのは、彼女に抱着している霊のほうだ。今も四体、彼女の肩にしがみついている。早枝子の執念が強い磁力《じりょく》となって引き寄せているのだろうか。

（だが若い霊ではない。少なくとも現代のものではない……。古い霊だ。なぜこのひとに）

母の執着とはまるで別世界にいるような、澄んだ歌声が響いている。

直江は険《けわ》しい表情になって、遥香を見つめた。

＊

新人オーディションに合格するためには、根回しも必要。

そう主張する早枝子につき合わされ、映画会社の人間への挨拶《あいさつ》まわりをさせられた直江がようやく自宅に戻ってきたのは、夜十時を過ぎる頃だった。

「おかえりなさいませ。尚紀ぼっちゃま。今夜も遅……うっ。お酒くさい」

玄関先で迎えた秀子《ひでこ》にコートを預け、直江はふらふらと居間のソファに倒れ込んだ。

レッスンでへとへとにされた上に、業界人への挨拶まわりで、銀座までつき合い、この体たらくだ。

「もう。どれだけ呑んだんですか。奥様に怒られます」

「お養母《かあ》さんはもう寝た？」

「ええ。ぼっちゃまは研究室の手伝いで忙しいんだって、私から言い訳しておきましたけど、こんなにお酒のにおいをぷんぷんさせられたら、うそだってバレてしまいます」

レガーロではせいぜいビール一杯だが、映画会社の関係者接待となると、呑まないわけにはいかない。さすがの直江の頭にも疑問がかすめる。早枝子の意図を探るためにここまでする必要があるだろうか、と。

ただまったく収穫《しゅうかく》がなかったわけではない。

（明日一番にでも、あのひとに連絡しないと）

「ああ、そうそう。ぼっちゃまにお電話がありましたよ。北里《きたざと》さんとおっしゃる方から」

「北里？」

美奈子《みなこ》からだ。

「はい。日曜日のお約束、よろしくお願いします、とのことでした」

「日曜日……ああ。もう週末か」

美奈子の両親をまじえて会食をすることになっていたのだ。先日の事件で、美奈子を助けた命の恩人である直江にあらためて礼がしたい、との申し出があった。

「ありがとう。秀子さん。こっちは適当にやるから、先に寝てていいよ」

「ぼっちゃま、北里さんて誰なんです？　お友達ですか。それとも」

秀子は興味津々《しんしん》だ。直江は苦笑いした。

「僕が助けたお姫様だ。すでに許婚《いいなずけ》のいる、……ね」

秀子は意味がわからず、きょとんとしている。直江はセーターを脱ぎながら、風呂に向かった。

（そうか。また美奈子に会えるんだな……）

そう思うと、少し気分がなごんだ。それを楽しみにしている自分がいる。

彼女の笑顔を思い浮かべると、不思議と荒《すさ》んだ心も癒《いや》される。

（また彼女のピアノが聴きたい……）

明るい陽《ひ》の差し込む部屋で、鍵盤《けんばん》に向かう彼女は、優しい花のようだった。

龍女《りゅうじょ》事件は解決したが、これきりにはしたくないと心のどこかで願っている。許婚のある彼女だから、たとえつき合いが続いたとしても、何がどうなるものではなかったが。

——自分を解放して。世界に向かって自分をぶつけるの。

早枝子の言葉がやけに耳に残る。

細く開いた風呂の窓から、湯気《ゆげ》の向こうに浮かぶ月を見上げて、直江は湯に浸かりながら、何度もその言葉を反芻《はんすう》していた。

＊

「いやあ……すごいことになってきたね。加瀬《かせ》さん」

新人用心棒の岩佐《いわさ》が、湯船のふちにもたれかかりながら、しみじみと言った。仕事帰り、加瀬と一緒に銭湯《せんとう》に寄った、岩佐とナッツだ。壁には三保《みほ》の松原《まつばら》から見た富士山《ふじさん》が大きく描かれている。湯に浸かり餅《もち》のように脱力しながら、岩佐は今日のステージを思い返していた。

「ドラムとベースが変わってから、前より盛り上がってきたんじゃないの」

「一人前な口を利くようになったたな。岩佐」

「そりゃ毎日聴かされてりゃ、いやでも違いがわかるようになっちまうよ。あれが本場仕込みってヤツなのかね。ボクシングの試合もあんな感じだよ。熱気がさ」

代演で出演していたニューヨーク帰りのドラマー白木丈司《しらきじょうじ》のおかげだ。さすが本場で認められたドラマーだけあって、彼のリズムはバンドマンたちを刺激せずにはいられないのだ。

「客も興奮してたな……」

加瀬も湯船のふちに頭を預けて、天井《てんじょう》から落ちてくる水滴を見つめている。

マリーなどは興奮がやまなくて、家に帰ってからも饒舌《じょうぜつ》で、弾丸のように喋《しゃべ》り続け、なかなか眠ることができなかった。

「サムさんたちには悪いけど、このままのメンバーでいったほうがいいんじゃないの」

「白木はあくまで代演だろ。スケジュールだって、とうに埋まってるだろうし。今週、丸々出演してもらえただけ御《おん》の字《じ》だ」

「でも一度、味しめちゃったら物足りなくなっちゃうよね」

加瀬は考え込んでいる。確かに。他のメンバーもプロだから割り切りはしているだろうが、プロだからこそ、かきたてられるものがあるにちがいない。

（……なんだか、気がかりだな）

心配する加瀬の隣で、ナッツはぼうっと天井を見上げている。「おい、茹《ゆ》だったか」と岩佐が頭を撫でた。

「加瀬さん、こいつずっとこんな調子なんだけど」

「ナッツ。なにやってる。どうした」

その指はドラムのリズムをなぞるように、湯を叩いている。

白木が叩いていたのと全く同じリズムをとっているのに気づいて、加瀬はちょっと驚いた。

「ドラムってイカスよ……。ゴロまくのと同じくらい血が騒ぐよ」

ナッツは白木のドラムに魅了《みりよう》されてしまったらしい。

喧嘩《けんか》もボクシングもリズム感がないと強くなれない、とは、朽木《くちき》の口癖《くちぐせ》だった。ナッツにはボクシング経験はないが、喧嘩は滅法《めつぽう》強い。もともと、ドラムに通じるリズム感が体に備《そな》わっているのだろう。

「オレも叩いてみてえな、ドラム……」

加瀬は驚いた。相手をぶちのめすことだけが快感だったナッツが、初めて別の物事に興味を示した瞬間だった。

「やってみればいいじゃないか」

「けど楽譜《がくふ》が読めないと駄目《だめ》なんだろ」

「そんなの関係ない。要は体でリズムを感じられるかどうかだ。バンマス（バンドマスター）のスーさんに相談してみろ。習わせてもらえるぞ」

ナッツは引け腰になって慌てて「いいよ」と断った。ひとからものを教わるなんて、したことがないから、どうしていいのかわからないのだ。岩佐が冷やかし、

「やってみろって、ナッツー。女にもてるぞー」

「そんなんじゃねえって」

「白木がきゃーきゃー言われてんの見てうらやましくなったんだろ。わかってるって」

じゃれあうふたりを見て、加瀬は湯船からあがった。

「……さあ。明日もあるから、牛乳でも飲んで、さっさと帰ろう」


岩佐とは、いつも銭湯で別れる。ナッツとは家の方角が一緒なので、ここからはふたりだ。屋台《やたい》で買った団子にかじりつきながら、ナッツは言った。

「……ガキの頃から手先は器用だって言われてた。スリの腕も仲間内じゃ一番だった。なんてこたなかった。財布《さいふ》をするのもリズムなんだ。相手の動くリズムに合わせて、こう、手を差し込み、こう、抜くと、気づかれない。下手なヤツはそいつが合わないから、気づかれる」

加瀬は、ずっと日陰道《ひかげみち》ばかり歩いてきたナッツの身の上を思った。終戦直後の物資不足の中で、誰もが、自分と自分の家族が食べていくので精一杯だった。戦災孤児《せんさいこじ》に憐《あわ》れみの目を向けても、援助する余裕などどこにもなかったから、ナッツたちは自分たちの力だけで生き残らねばならなかったのだ。

スリや盗みも食べていくためだった。だが、おかげでそういう世界しか知らない。

そんなナッツの身の上を受け止めて、加瀬は告げた。

「……こないだ、ホール荒らしを追い払った時も、おまえは岩佐よりもいいステップを踏めていた。ちょっと朽木を思い出した。おまえには天性のリズム感があるんだ」

「そうかな」

「本気でやってみたら、どうだ。ドラム。オレも、おまえが叩く姿を見てみたい」

「ほんとに?」

「ああ」

そんな会話を交わしながら、空《あ》き地《ち》のそばまでやってきたときだ。

ふと加瀬が足を止めた。行く手に、人影が見えたからだ。「ナッツ」と小声で呼びかけると、すでにナッツは身構えて、迎《むか》え撃《う》つ態勢をとっている。

「なんだ。てめえら」

現れたのは、背広姿の男たちだった。その数、六人。

背広とはいっても、だいぶ着崩していて、明らかに素人ではない空気を発している。不穏《ふおん》な空気でこちらに近づいてくる。ナッツが前に出て、背中で加瀬をかばった。

「おまえら、レガーロの店員だな」

「だったら、どうした」

答えるより先に襲《おそ》いかかってきた。ナッツは素早く身をかわし、男に返り討ちの蹴《け》りをくらわした。が、相手は六人。ナッツだけでは応戦しきれない。加瀬にも容赦《ようしゃ》なく殴《なぐ》りかかってきた。空き地へとなだれ込み、たちまち乱闘になった。

「加瀬さん、ここはオレが！」

「そんなわけにいくか！」

おそらくボクサー崩れだ。ボディを数発くらった。が、アッパーで顎を捉えて吹っ飛ばした。殴り殴られを延々と繰り返し、どうにか突破口を開こうと、ふたりはあがいたが、相手は屈《くっ》強《きょう》で隙《すき》を生むのもままならない。

（くそ……っ。埒《らち》が明かない）

《力《りょく》》で全員吹っ飛ばそうか、と加瀬が念をこめかけた時だった。

ナッツの体が不自然に数メートル飛ばされて、板塀《いたべい》に叩きつけられた。

「ぐは！」

「ナッツ！」

起きあがろうとしているが、体が見えない力に押さえつけられて、腕はおろか、肩すらあがらない。何が起きているのか、加瀬は咄嗟《とっさ》に悟《さと》った。

《力》を使っている者がいる……っ）

加瀬は振り返った。男たちの中にひとり、明らかに抱着霊をくっつけている者がいる。

（あれは！　青木の時とおなじ）

「ぐあ！」

ナッツが苦悶《くもん》の声をあげた。喉に《力》が集まっている。このまま窒息《ちっそく》させるつもりだ。

景虎は迷わなかった。迷わず《力》を使った。念で男たちを容赦なく吹っ飛ばした。

「ナッツ、しっかりしろ！」

駆け寄って抱き起こすと、やっと念から解放されたナッツが咳《せ》き込んでいる。そんなナッツをかばいながら、景虎は殺気《さっき》を全開にした。

「これ以上やる気か。なら、こっちも容赦しないぞ！」

そこに赤色灯《せきしょくとう》が近づいてきた。巡回中のパトカーだった。騒ぎを聞いて誰かが通報したのかもしれない。途端に男たちは逃げ出した。近くに停《と》めていた車に乗り込み、どこかへと逃げ去ってしまった。

「大丈夫か……？」

「ああ。いまのなんなんだ、いったい……」

電柱についた街灯の光に、ナッツの首筋が浮かび上がる。景虎はハッと息を呑んだ。
その首にあったのは、赤いアザだ。手の形をしている。
しかも指の数は、六本ある。
(〝プウジャの呪い〟……)
景虎は思わず辺りを見回してしまった。
(呪者が近くにいたということか。さっきの抱着霊と何か関係があるのか?)
赤色灯が板塀を照らしあげる。景虎は険しい顔になって、夜道の向こうを睨《にら》みつけた。

第三章　魔女の陰謀

鹿《しし》おどしが高く響《ひび》いた。

日本庭園を望む料亭の一室には、北里《きたざと》家の両親と美奈子《みなこ》、そして笠原尚紀《かさはらなおき》こと直江《なおえ》がいる。

美奈子は今日は和装だ。清楚《せいそ》な容姿とあいまって、正しく「良家のお嬢様」といった装《よそお》いだった。長い髪も結《ゆ》い上げて、白く細いうなじがまぶしい。

直江の向かいには、美奈子の養父母がいる。

音楽家一族だけある。父・張彦《はるひこ》は日本を代表する交響楽団の首席バイオリニストで、母・光子《みつこ》はピアニスト、一族には有名な指揮者や作曲家もいるという。いずれもクラシック畑の人々であり、同じ音楽の世界にいても、こちらは上流階級の趣《おもむき》だ。

北里家が権威《けんい》ある「音楽家」ならば、レガーロのバンドマンたちは、いわば市井《しせい》の「音楽屋」。

会席《かいせき》料理の漆椀《うるしわん》を眺めて、直江はそのギャップを嚙《か》みしめていた。

「本当に笠原さんには、なんとお礼を申していいものやら。美奈子がこうして無事でいられるのも、すべては笠原さんが助けてくださったおかげです。このとおり。ありがとうございました」

深々と頭を下げる両親を見て、直江は「どうぞお顔をあげてください」と気遣《きづか》った。

「当たり前のことをしただけですから。それにも増して、あのとき、美奈子さんしか助けられなかったことが悔やまれてならないのです。ばあやさんには、申し訳ないことをしました」

「そのことは、もう……。さ、どうぞ。一献《いっこん》」

「いただきます」

吟醸酒《ぎんじょうしゅ》を酌《く》み交わしながら、なごやかに会話は進んだ。

「おかげさまで、屋敷のほうも建て直しの工事が始まりましてね」

「それはよかったです。思ったより早く再建できて」

「ええ。せっかくなので、新しい家には専用のレッスン室を増やしてみようかと。小さなリサイタルくらいはできるようになると思いますので、ぜひ、遊びにいらしてくださいね」

「喜んで」

両親とも礼節を心得ていて、ハイソサエティの空気に満ちている。話題も広く、社交的で気遣いもある。社交辞令も多いが、不誠実な人々のようには見えなかった。

隣に座る美奈子は少し緊張気味だ。直江と目が合うと、恥じらったように、頬《ほお》をほんのり赤らめる。こうして並んでいると、まるでお似合いの許婚《いいなずけ》だ。

母親が問いかけた。

「笠原さんのおうちは、病院を経営なさっているとか。何科ですか」

「もともと内科でしたが、父が本格的に病院経営に乗り出して。春には総合病院として新たに開院する予定です」

「ほう。総合病院ですか。それはすごい。病床数はいかほど?」

この手のハイソサエティの人々の前では肩書きはあるに越したことはないが、いちいち値踏みされているのがありありと伝わる。同席の相手の値打ちが高いほど、彼らは喜ぶのだと、直江は知っていた。多少の誇張《こちょう》は社交辞令のひとつだと心得ていた。

「ご兄弟はいらっしゃるの?」

「いえ。私ひとりです。実は、養子なんです。病院の跡取りになるために養子縁組を」

これには北里夫妻も驚いた。そして目に見えて憐《あわ》れむような顔をした。

「そうでしたか。……あなたも養子でいらしたの」

「両親は尊敬できる人です。笠原家の一員となれて、幸せだと思っています」

「そう。大変だったのね……」

言葉では同情するが「もとは身元も怪しい人物」とでもみなされたのか。明らかに少し距離を置かれたのを感じた。そうでなくとも、世間の戦災孤児《せんさいこじ》に対する印象は「哀《あわ》れだが、よからぬことをしている者」という先入観に満ちている。彼らの中には、生き抜くために非合法を働く者もいるからだ。自尊心が疼《うず》き、尚紀のためにも、ちゃんと主張せねば、と思った。

「浜島《はまじま》の……実の両親は、教師でした。祖父は尋常《じんじょう》小学校で校長をやっていました」

途端に、美奈子の養父母の顔つきが変わった。態度も変わった。あからさまだ。

「まあ。しっかりしたお育ちでいらっしゃるのね」

教師という職業は、こういう時に手っ取り早い「身元保証」になることも、直江にはわかっていた。

「そのような方がご友人で、安心したわ。よかったわね、美奈子」

美奈子は黙って、吸い物の塗《ぬ》り椀《わん》に口をあてている。

世間体にうるさい養父母の性質が、美奈子にはよくわかっているのだ。

「こんな頼もしい息子さんが未来の院長なら、笠原家も安泰《あんたい》ですな」

「いずれ系列病院を増やしていく計画です。父が理事長に就任するので、現場は私に任されることになるでしょう」

「若いのにご立派だわ。素敵な方ね。美奈子」

母親にはすっかり気に入られたようだ。やがて食事が終わり、美奈子と母親は庭を散歩してくると言って、席を立った。冬の弱い陽差《ひざ》しに庭の苔《こけ》が青々と輝いている。部屋に残った直江は、北里張彦から問いかけられた。

「時に笠原くん。君は、いま、おつき合いしているひとなどいるのかね」

直江は、軽くどきりとした。

「……いえ。そのようなひとは」

「美奈子に、恋愛感情のようなものは」

なにを言おうとしているのか。読み取ろうとするように、直江は訝《いぶか》しげな顔をした。

「美奈子さんとは、あくまで友人ですが」

「それならよかった。美奈子には、すでに将来を誓う許婚がいるのでね」

（なるほど。そういうことか）

直江は合点《がてん》した。つまり、ふたりが深い仲なのかどうか、見極めるための一席だったということか。

「婚約者がいることは、美奈子さんから聞いています。僕と美奈子さんの間には、恋愛感情はありません。よき友人ですから」

「それを聞いて安心した。邪推《じゃすい》してすまないね。いや、君と出会ってから、おとなしい美奈子が、妙に明るく、はしゃいでいるような気がしたものだからね」

「はしゃいでる……？」

「あんなに朗《ほが》らかな美奈子を見たのは初めてだったから、実は、少し嬉《うれ》しくもあったんだ」

張彦は庭にいる母子を見やって、しみじみと言った。

「養女として、うちに来てから、ずっと自分を抑《おさ》えているようなところがあった。おそらく我々に気を遣って、よい娘であろうと自分を律《りっ》していたのだろう。そんなあの子の本来の朗らかさが見られて、喜ばしくはあったのだが……。その原因が君だというのは、察していた。美奈子は、君に特別な感情を抱《いだ》いたようだ」

「……。特別な…ですか」

「だが、なにぶん、許婚がいるものでね」

張彦はしかつめらしく告げた。

「君も美奈子に特別な感情を抱いているのだったら、どうにか、諦《あきら》めてもらうつもりだった。だが、そうではないとわかったので安心だ。笠原くん、美奈子とは会わないでもらいたい」

直江は目を瞠《みは》った。

「美奈子が何を言ってきても、君のほうから口実をつけて会わないでほしい。そうすれば、美奈子の気持ちもいつしか冷めていくだろう。今は少しのぼせているだけだろうから」

鹿おどしが高く鳴った。美奈子は何も知らず、つぼみの膨《ふく》らみ始めた梅を見上げている。

その枝で、めじろが啼《な》いている。

約束してもらえるかな、と張彦は言った。直江は溜息《ためいき》を隠して承諾《しょうだく》した。

「……わかりました」

*

「ええ？　お養父様《とう》から会うなと言われた？」

　美奈子は身を乗り出した。翌日、渋谷《しぶや》駅前のジャズ喫茶《きっさ》で、舌《した》の根も乾かぬうちに美奈子と会った直江だ。

「君のお養父さんは、君に男友達がいるというだけで気が気でないんだろうね」

　珈琲《コーヒー》を飲みながら、平然としている。美奈子は肩を竦《すく》めた。

「……お養父様ったら心配性なんだから。ごめんなさい。気を悪くなさらないでね」

「いや。お養父さんの気持ちはわかるよ。許婚のいる娘の近くに得体《えたい》の知れない男友達がうろうろしているのは、安心して見られるものじゃないからね」

　美奈子は頬をふくらませて「もう」と呆《あき》れながら、珈琲を飲んだ。

「笠原さんとはそんな関係じゃないって、何度もしつこく言ってるのに……」

「別に迷惑とは思ってないよ。君みたいなひとの恋人と疑われるのは、悪い気分じゃない」

　美奈子の顔が急に赤くなった。

「冗談はやめて」

「ははは。冗談のつもりはないけど」

　だって……、と美奈子はうつむきがちになった。

「笠原さんには……片思い、してる人がいるんでしょう？」

　直江は笑みを消した。ふいにまた憂鬱《ゆううつ》な気分が戻ってきて、吐息《といき》がもれた。

「……ああ。でも受け入れてもらうのは、むずかしい人だからね」

「信じられないわ。笠原さんのような穏やかで優しくて頼もしくて、しかも容姿端麗《ようしたんれい》なひとから想《おも》ってもらっているのに、こたえないなんて。私、そのひとにお説教したいわ」

「はは……。これぱっかりは」

「きっとそのひと、とても思い上がっているんだわ。自信家で強情で、気位が高くて……。いつまでも無条件で笠原さんに想ってもらえると思って、甘えてしまっているのよ。たまにはビシリと厳しい態度をとったほうがいいのよ」

思いの外たくましい美奈子の物言いに、少々気圧《けお》されながら、あながち間違っていないことに肝《きも》を冷やした。

その美奈子も、相手が同性だとは思ってもみないのだろうが。

「君にそう言われると、ちょっと気分がスッとするよ」

「……でも笠原さんは、成就《じょうじゅ》する可能性があるだけいいと思うの。私みたいに恋愛もできない身からすれば」

美奈子はまた翳《かげ》りのある表情を浮かべた。

「私にできるのは、心の中で想うことだけだから……」

――美奈子は、君に特別な感情を抱いたようだ。

養父の言葉が脳裏《のうり》に甦《よみがえ》った。胸の奥に甘い疼きを感じたが、ポーカーフェイスを通した。

「許婚がいるから恋愛ができないなんてナンセンスだ。運命は自分で切り開くべきじゃないのか。君が好きになった男を婿《むこ》にとることだってあり得るだろう」

「それは、難しいと思うわ。両親はそもそも音楽家である北里家の血を大切にしている方ですから。私に従兄《いとこ》の子供を産ませることを一番の望みとしているんです。才能豊かな良い血を持つ『孫』が欲しいんです」

「なら君は子供を産むために養女に入ったようなものじゃないか」

「……そう、とも言えるかもしれないわ」

「それこそナンセンスだ。いまの時代、そんな古い考え方は淘汰《とうた》されるべきだ」

「仕方ないの」

美奈子はあきらめを含んだ苦い微笑を浮かべ、やがて真っ直ぐ《ま　す》に直江を見た。

「好きな音楽を学ぶためだもの。恋愛よりも、私には大切なものだわ」

あきらめのなかにも、ぶれることのない固い意志が垣間《かいま》見えた。美奈子の横顔が時折、はっとするほど美しいと感じるのは、たぶんそのためなのだろう。柔和《にゅうわ》な彼女の奥に潜《ひそ》む、きらりと輝くダイヤのようだ。直江は、そんな美奈子に、音楽という道を志《こころざ》す者の信念を見るのだ。

「………。君は、美しいひとだね」

直江の口からこぼれた率直な賞賛《しょうさん》に、美奈子はうろたえた。「やだ」と顔を赤らめ、照れ隠しのようにカップへ必要以上に砂糖を入れ始めた。

「それはそうと、大学のほうはお忙しいの？　坂口《さかぐち》さんが最近レガーロにも来ないって……」

「え？　坂口？」

美奈子は慌《あわ》てて口をつぐんだ。

「いえ、その、最近、山梨のおば様とも近況をお話ししてるの。坂口さんが心配してるって」

「ああ。出席日数がぎりぎりだったから。なんとか進級できそうだ」

「そう。そういえば、おば様から聞いたのだけど……」

美奈子は珈琲をかき混ぜる手を停《と》めて、緊張気味に問いかけた。

「例の事件の時、加瀬《かせ》さんとおっしゃる方がいろいろと手助けしてくださったとか。笠原さんとは、どういう……」

だしぬけに話題を振られ、直江は言葉に困った。が、取《と》り繕《つくろ》い、

「よく行くジャズホールの店員さんです。ずいぶん通っているので顔なじみになって。霊感が強いので、今回の事件でもアドバイザーになってくれました」

「ただの顔なじみ……？」

「ええ。それが何か」

「いえ。すごく親密そうだったから……」

直江が怪訝《けげん》そうな顔をした。美奈子は「まずい」という表情を一瞬浮かべ、

「……あの、ごめんなさい。ばあやのお葬式《そうしき》の時、いらっしゃってましたよね。その時にちら

っと」

見られていたのか、と直江は驚いた。

「ごめんなさい。私、ご挨拶《あいさつ》したほうがよかったですよね。お礼も」

「ああ。いや、気にしないで。加瀬さんにはよくあることだから」

「よくある？」

「心霊がらみの相談をよく受けるんだとか。僕から伝えておきますよ」

まるで代理人のような口を利く直江が、美奈子にはますます訝しく思えた。だが、同時に確信も持った。やはり靖国《やすくに》神社で自分を守ってくれたのは、加瀬だったのだと。

「くれぐれもよろしくお伝えくださいね」

「はい。伝えておきます。……おっと、こんな時間か。もう行かなきゃ」

腕時計を見た直江に、美奈子が「ご用事？」と問いかけた。

「ちょっと習い事をしていて。また連絡します。……って、家には電話しないほうがいいかな」

「私のほうからかけます。じゃあ」

美奈子とは店で別れた。直江は急ぎ足でトロリーバスの軌道《きどう》を横切り、山手線《やまのてせん》の改札へと走った。歌唱《かしょう》レッスンの予定が入っていたのだ。さすがに美奈子にはオーディションを受けることとは言い出せなかったが。

美奈子と会う時間は、一服の清涼剤《せいりょうざい》だ。景虎《かげとら》との関係で緊張を強《し》いられる心も、束《つか》の間、癒《いや》される。事件は解決したし、本来ならもう会う理由もない。その上、父親からは連絡をとることすら禁じられている。

この後ろめたさはなんだろう。

なんだか、許されぬ恋でもしているような気分だ。

（〝禁じられるほど燃え上がる恋〟……か。まるでロミオとジュリエットだな）

あなたがいけない、と直江は景虎のせいにした。

（あなたが私を認めようとしないから）

山手線の窓から見る街は、夕陽に赤く染められて美しい。かつてバラックばかりが立ち並んでいた街には、鉄筋のビルが次々と建っていた。ほんの十三、四年前は焼け野原だったなんて嘘《うそ》のようだ。

冬枯れの野に萌《も》え出る草木のようだ。人間のたくましい生命力を感じる。

（俺はこの街の人々の熱気にあてられているのだろうか）

野心なんて自分には不似合いだと思いつつも、今度こそ……と思う気持ちを捨てられない。景虎の前で萎縮《いしゆく》する心を克服《こくふく》するためには、成功が必要なのだ。社会的な成功が。裏打ちが。第三者からの承認を剣に立ち向かうのだ。封建的であることが美徳とされた古い時代の枠を越えて、ひとりの男として向きあうために。手形を手に入れるのだ。

（それが得られれば、あの人とも「新しい関係」が築ける……？）

わからない。やってみなければ。

少なくとも、この階段をあがって、景虎が身を置くフロアまで行かねば。そこは非凡《ひぼん》な人間たちが数多《あまた》棲息《せいそく》する社交界だ。美奈子の両親が自分に向けてきた眼差《まなざ》し、値踏みする眼差し。そういう視線を受けている限りは、まだ一員とは認められていないのだ。視線を跳ね返し、値踏みする側に立つためには、相応の成功が必要だ。目に見える結果は手形になる。それを得て景虎の前に立つ。同じ目線で立つ。卑屈《ひくつ》にはならない。

(邪魔《じやま》をされたくない。何者にも)

だが織田《おだ》は動き出した。数年前のように闘《たたか》いが熾烈《しれつ》になれば、社会的な成功どころか「笠原尚紀としての生活」が続けられるかどうかも怪しい。最悪、周囲の人間を守るために、全てを捨てなければならなくなる。繰り返しだ。

(手放したくない。振り出しには戻りたくない)

そう思う一方で、上杉夜叉衆《うえすぎやしやしゆう》としての使命を景虎に押しつけている。その矛盾《むじゆん》。

(……こんな状況で、現世《うつしよ》の成功にしがみついている俺は、愚《おろ》か者《もの》か)

線路の継《つ》ぎ目《き》がリズムを刻む。電車に揺られながら、直江は遠くにそびえ立つ東京タワーを見つめていた。

今生《こんじよう》も、かりそめの人生で終わるか。それとも……。

チョコレート色の車体同士がすれ違う。建築現場の向こうに夕陽が落ちていく。

＊

「なんだって。岩佐《いわさ》が襲《おそ》われた……!?」

レガーロに出勤してきた景虎は、知らせを受けて思わず声を荒《あら》げた。

一昨日のことだ。岩佐が銭湯《せんとう》で景虎たちと別れた後、何者かに囲まれて集団暴行を受け、病院に運ばれたという。全治二カ月の重傷で、当分、店には出られそうにない。

「なんてこった……。岩佐まで」

「今度は用心棒狙《ねら》いかよ」

振り返ると、ナッツがいる。壁にもたれ、目を据《す》わらせて殺気《さっき》をまとっている。同じ日の夜、ナッツと景虎も、玄人《くろうと》らしき男たちに襲われていた。

「オレも狙われた。岩佐も狙われた。絶対同じ連中だ。兵隊を片づけてから本丸を落とそうって魂胆《こんたん》だ。ちくしょう」

明らかに偶然ではない。景虎が一緒にいたのでナッツは仕留められずに済んだが、岩佐はまんまと餌食《えじき》になったというわけだ。一体、誰が。誰からの指示だったのか。

「……。おそらく、五反田《ごたんだ》とサムをやったのと同じ連中だ」

「えっ。ならバンドの人たちも、一昨日の連中にやられたって言うんですか」

厳密《げんみつ》には「同じ連中」とは限らない。だが首謀者《しゆぼうしや》は同じとみて間違いない。その証拠は、昨日ナッツの首に浮かんだ「六本指の赤いアザ」だ。プウジャの呪《のろ》い。だが、そのことは口にしなかった。不用意に怖がらせてもいけない。

ナッツにはその後、呪詛除《じゆそよ》けをさりげなく施した。幸い効いたらしく、今日は首筋のアザも薄くなっていたが。暴行と呪詛。危害を加える方法を、敵はふたつ手にしていることになる。

「ちくしょう。いったい誰が……」

(青木早枝子《あおきさえこ》)

——彼女のバックには、確かにちょっと厄介《やつかい》な援助者がいるようです。

早枝子をマークしていた直江から、昼間、景虎のもとに調査報告の電話が入った。

——ゆうべの会食相手に「大進興業《だいしんこうぎよう》」の社長がいました。

——「大進興業」……暴力団じゃないか。

——ええ。銀座《ぎんざ》のホール買収をいくつか手がけているのは確かですね。人気のホールを傘下《さんか》に収めて利益をあげようとしているようです。レガーロを狙っているとは明言はしませんでしたが、青木が気になる言葉を。

——なんて？

——〝育ての親から巣を奪う〟……と。

(〝育ての親〟……執行《しぎよう》社長のことか)

一連の事件の陰《かげ》に彼女が関わっている、と安易《あんい》に結びつけるのは危険だが、やはり可能性は否定できない。証拠を握らないことには動けない。問いつめたところで、言いがかりだ、と言ってかわされるのがオチだからだ。

——問題は呪詛者との関係ですね。一刻も早く突き止めて、やめさせないことには。

直江の言うとおりだった。集団暴行の犯人ならば、まだ相手が見える。だが呪詛者は姿を現さない。危害を加えても決して足がつかない襲撃者《しゅうげきしゃ》、と言ってもいい。

——青木についていた霊と、呪詛の関係については？

——それはまだ……。

——呪詛と霊に、もし何らかの関係があるとわかれば、それが突破口になるかもしれない。

——わかっています。もう少し、張りついて調べます。

——オーディションのほうはどうなんだ。

問いかけると、直江は言葉を濁《にご》らせた。

——うっかり受かったら、そのまま映画スターになってしまってもいいんだぞ。

——冗談はやめてください。私は医者になるんです。

——そのみてくれなら、多少、大根芝居でもブロマイドは売れるかもな。

——失礼な。音感ゼロのあなたに言われたくありません。

（直江のやつ……）

久しぶりに砕けた会話をした。本当に銀幕デビューでもしたら面白《おもしろ》いのに、と想像して、景虎はふと口許《くちもと》を緩《ゆる》め、笑みを漏《も》らした。すると、ナッツが目ざとく見つけ、

「なに思い出し笑いしてんだよ。そんな場合じゃないだろ」

「あ、いや……。そうだな。すまん」

ごまかすように顎《あご》を撫《な》で、気を引き締めた。そこへ、

「社長。おはようございます」

執行が店に現れた。いつも以上にシャツがよれよれで、顎には無精髭《ぶしょうひげ》が生えている。目の下に隈《くま》までこさえている。「仕事は上機嫌に」がモットーの執行だが、今日はどうしたことか、ちらりとも笑わない。スツールに腰掛けると「いつもの」と開店前から酒を頼む始末だ。

「どうしたんですか。何かあったんですか」

「今度はギターだ」

「え」

「ギターの御徒町《おかちまち》が虫垂炎《ちゆうすいえん》を起こして入院した」

景虎とナッツはギョッとして顔を見合わせた。岩佐に続いて、四人目だ。

「代演を探したが、声をかけるやつ全部断られた。くっそ。一体どうなってんだ！」

苛立《いらだ》たしげにカウンターを叩《たた》いた。いつも余裕をかましている執行が、こんなに声を荒げるのを初めて聞いた景虎だ。

「こう次々と怪我《けが》だの病気だの。呪いでもかけられてんのか。この店は……」

景虎はどきりとした。執行にはまだ「プウジャの呪い」のことは言っていない。なのに比喩《ひゆ》が的《まと》を射ていた。

「……くそ。よりによって今日は森山健太郎《もりやまけんたろう》の特別ショーだってのに、狙い澄《す》ましたかのように欠員が出やがる。こないだと一緒だ。いつもならふたつ返事で代演引き受ける連中まで、断りやがった。また八方《はっぽう》ふさがりだ」

このままではいずれ営業すら難しくなる。

カウンターにへばりつく執行に、景虎は酒ではなく水を差しだした。執行はふと顔をあげ、

「おい。いつものっつったら、トリスだろ」

「偶然じゃありません。社長」

景虎は抑えた口調で告げた。もう黙っていられないと思った。

「四人が店に出られなくなったのは、おそらく……誰かの差し金です」

「差し金？　あいつらの怪我は誰かにやられたとでもいうのか」

景虎はコクリとうなずいた。執行は笑って「そんな馬鹿《ばか》な」と突っぱねた。

「五反田やサムの怪我はともかく、御徒町は虫垂炎だぞ。盲腸《もうちょう》が痛むのまで誰かの仕業《しわざ》だっていうのか。薬盛られたとしても、盲腸引き起こす薬なんて、聞いたこと……」

景虎が真顔で見つめているのに気づき、執行も笑みを消した。

「………。心当たりでもあるのか」

「最近、銀座界隈《かいわい》でホール買収を進めてる連中がいると聞きました。ずいぶん荒っぽいやり方で、営業妨害をして買収を進めてるって話です。そいつらがこの店を狙ってるのかもしれません」

「こんなガード下のちんけなホールをか？　俺が買収屋だったら、もっと稼ぎのデカイ有名店を狙うがな」

「稼ぎはさほどでもなくても、この店からは若い才能がたくさん育ってます」

「金の卵狙いだっていうのか。ありえんな。相手は金を巻き上げるのが商売のヤクザだろ。そんな将来のことまで見据《みす》えた建設的なヤクザなんか、聞いたことないぞ」

「新人輩出《はいしゆつ》がレガーロの売りでしょう。今じゃ業界でも一目置かれてる店です。その看板を手に入れたい連中がいても、おかしくないはず」

執行は半信半疑だ。そうこうするうちに開店時間が迫っていた。今日はギターを欠いている。またしてもバンドが揃《そろ》わない状況だ。

「……にしたって、虫垂炎まで誰かの差し金っつーのは無理がある。とにかく代演を探さないと。ショーに穴あけるわけにはいかない」

執行は代演探しに必死だった。新宿《しんじゆく》のほうまで片《かた》っ端《ぱし》から声をかけたが、誰ひとり見つからない。ショーの時間は迫っている。サムの時と全く同じ状況になっていた。雑然とした事務所で、電話のダイヤルを回し続けて、執行は「くそ」と受話器を置いた。

「こいつも駄目《だめ》か。流しのギターまで捕まらないなんて。まるで東京中からギタリストがいなくなったみたいじゃねーか」

「社長、もう時間が……」

「わかってる！　こうなったら、ギター教室にでも」

「――……なんで、私を頼ろうとしないの？」

聞き覚えのある女の声がして、執行は振り返った。事務所の入口に、もたれるようにして立っていたのは、毛皮をまとう青木早枝子だった。

「早枝子……」

「強情な男ね。困ったことがあったら、あれほど私に連絡しなさいって言ったのに。そうまでして私に借りを作りたくないのかしら」

赤い唇《くちびる》で煙草《たばこ》を吸いながら、強気な眼差しで執行を見ている。執行はじっと早枝子を睨《にら》んでいた。

「なんでおまえがまたここにいる」

「澤地《さわち》のショーがよかったから、森山のも見に来ただけよ」

「本当にそれだけか」

執行に睨みつけられても、早枝子は動じなかった。

「あら。客がショーを見るのに、それ以上の理由がいるの？」

さすがの執行も思うところがあったが、口には出すのはためらわれた。早枝子は煙草を灰皿に押しつけると、執行に取り引きを持ちかけてきた。

「ギターは用意するわ。ギャラは結構。その代わり、私の頼みを聞いてほしいの」

「頼み？　なんだ」

「今日のショーに出演させてほしい新人歌手がいるの」

暗い電球の下、早枝子はテーブルに手をつくと、執行に顔を近づけて、あやしく微笑した。

「今度うちからデビューさせようと思ってる子なの。今夜の森山のショー、一緒にステージに立たせてくれない？」

＊

「どういうことですか！　今日のショーは、出演しなくていいって」

楽屋にいたマリーは思わず声を荒げた。執行から何の前触れもなく降板を告げられて、ひたすらびっくりした。すでに出番までいくらもない。メイクも済んだし、衣装も着ていた。あとはもう、ステージに出るだけだった。

「どうもこうもない。おまえのかわりに出したいやつがいる」

「待ってください。ショーの主役は確かに森山さんだけど、私とのデュエットもあるし、リハーサルもとうに済んで……」

「悪い。マリー。別のヤツをどうしてもステージに上げなきゃいけない事情があって」

「私を降ろしてでも、ですか。私はいらないってことですか」

執行は苦々しい表情だ。「理由を教えてください」とマリーは強く迫った。

「私よりも上手なひとですか。だったら出番を譲るのも仕方ありません。けど、そうでないなら、降りることはできません」

「こらえてくれ。マリー」

執行は苦渋《くじゅう》に満ちた表情で訴えた。

「応じなければ、ギターの代演はおろか、ドラムとベースも出演させないと言ってきやがった」

「言ってきたって、誰が？　もしやアオプロの？」

図星だった。言葉を濁す執行に、マリーはくってかかった。

「ベースもって、代演で入ってる田中《たなか》さんもですか。あの人もアオプロに！」

どうやら早枝子の息がかかっていたらしい。ギターもドラムもベースも駄目、ということになれば、バンド崩壊《ほうかい》だ。それこそショーにならない。執行はとうとう頭を下げた。

「すまない。マリー。今夜だけだ」

ショーに穴をあけるわけにいかない。マリーはドレスを握りしめて悔しそうにしていたが、彼女の立場ではこれ以上どうにもならなかった。わかりました、と応じた。

＊

店は今夜も満席だ。歓談する客のざわめきが、ピアノの生演奏にのせて、通奏低音《つうそうていおん》のようにホールに満ちている。テーブルのキャンドルが揺れている。行き交う従業員も慌《あわ》ただしさを増してきた。

レガーロの評判は口伝《くちづ》てで広がって、今や音楽誌以外の雑誌でも取り上げられるようになっていた。特別ショーを目当てにやってきた客も多い。しかしバンドにはギターの姿が見あたらない。ホールに現れた執行を見つけ、フロア・マネージャーが駆け寄ってきた。

「社長！　代演は決まったんですか」

執行は少々やつれた顔だ。その後ろから現れたマリーを見て、景虎は驚いた。

「マリー。どうしたんだ。これから出番じゃ」

「今夜は出番なし。水割りちょうだい」

マリーは拗《す》ねた顔でスツールに腰掛けた。どういうことだ？　とボーイたちが顔を見合わせていると、執行が苦々しそうに答えた。

「……代演は決まった。不本意ながら、アオプロの手を借りた」

「アオプロの！　例の女社長ですか」

「どこで聞きつけたのか、新人歌手をステージにあげるのを条件に。……やってくれるよ」

執行が奥のテーブルを顎でしゃくった。早枝子が関係者とおぼしき者を連れて談笑している。執行は不本意この上ない。いいようにコントロールされている。ショーにマリーが出ないと聞いて、従業員たちも納得しなかった。ナッツが嚙みつき、

「レガーロのショーにマリーさんを出さないなんて、どうかしてる！　好き勝手させていいんですか。五反田さんもサムさんも、岩佐までやられてるんですよ！」

「証拠がない」

「このタイミングで仲介《ちゅうかい》なんかしてるだけで充分証拠じゃないですか。しかも看板歌姫降ろして自分のとこの新人歌手をゴリ押しするなんて、横暴もいいとこだ。こんなゲスな真似《まね》許していいんですか」

いいはずがない。だが今は応じるしかないのだ。

特別ショーの時間がやってきた。司会が出てきて開演を知らせると、フロアにダンサーが現れて一気にテンションがあがった。テーブルの客たちは「待ってました」と目を輝かせた。

屈辱《くつじょく》の降板を強いられたマリーは、ステージに背を向けている。ナッツたち従業員は、いまいましそうにステージを見つめている。カウンターに立つ景虎も、ことの成り行きを見守っている。ドラムが激しいリズムでダンサーを挑発する。バンドは七名のうち三名が代演者だ。

だが演奏自体は、遜色《そんしょく》ない。遜色ないどころか、五反田たちよりも腕は上だった。特に今日やってきたギタリストは、明らかに御徒町よりも数段、巧《うま》い。

「そりゃそうだろう。ありゃ『ザ・パープル』のギター松前浩介《まつまえこうすけ》だ」

「！　……『ザ・パープル』って、売れっ子じゃないですか。銀座でも、もう一流どころでしか演奏しないっていう。なんでレガーロなんかの代演に」

執行は腕組みをしたまま、大きな口を一文字に結んでいる。早枝子はことごとく売れっ子を連れてくる。代演が本メンバーより格上では、格好がつかない。

だが、夢の面子《めんつ》に客側は大喜びだ。

やがてステージの天鵞絨《ビロード》カーテンが割れ、スポットライトがひとりの若い歌手の登場を捉《とら》えた。

「あの娘は……」

シフォンドレスに身を包んだ女性歌手に、客が一斉《いっせい》に注目した。途端にステージが華《はな》やかになった。とびぬけて若い。まだ十代ではなかろうか。

あどけない顔に華やかな化粧を施《ほどこ》し、まだあまりステージ慣れしていないのか、お辞儀《じぎ》もぎこちない。初々《ういうい》しさに溢《あふ》れているが、生バンドを率いて歌うには、華奢《きゃしゃ》な体は頼りなく見えた。なのに眼差しは落ち着いている。背を向けていたマリーも、客のどよめきを聞いて、思わず振り返り、視線を吸い寄せられた。

「……だれ？」

「アオプロが売り出す秘蔵《ひぞう》っ子《こ》だ」

「秘蔵っ子？」

「ステージに立つのは、これが初めてだそうだ」

マイクを口許にあてて歌い始める。第一声を聴いて、誰もが衝撃を受けた。

なんとも美しいクリスタルヴォイスだ。

ガラス細工がキラキラと輝いているような、そんな声だった。途端に空気が変わった。透《す》き通るような高音と、甘めの低音とが絶妙のバランスで、聴いている者をたちまち夢心地《ゆめごこち》にさせてしまう。歌い始めると、その姿は新人と思えないほど堂々としている。潤《うる》んだ瞳《ひとみ》は星のように輝き、可憐《かれん》な容姿とあいまって、聴衆を瞬く間に魅了《みりょう》した。

「……うまい……うまいわ……」

マリーも圧倒されていた。

「なんて声なの……」

それきり絶句してしまった。景虎も息を呑《の》んでいたが、やがて神妙な表情になった。

執行の顔つきはますます険《けわ》しくなっている。

「……そっくりだ」

「え」

「歌も容姿も、早枝子の若い頃にそっくりだ」

まるで生き写しだ。二十年前の彼女がステージに立っているようだった。

景虎は察した。

「じゃあ、あの子は……」

「そういうことか」

南方遥香《みなかたはるか》。本名・青木遥《はるか》。アオプロの秘蔵っ子とは、早枝子の実娘だったのだ。

遥香の歌声は、すでにプロの領域にあった。新人というレベルではない。子役として、早々に売り出す手もあったろうが、あえて充分に実力をつけさせてから、満を持《じ》してデビューさせたのだろう。

第一線のバンドマンたちを従えても遜色ない。どころか、ショーの主役の森山を喰《く》うほどの輝きを発している。マリーでないことに不平を発していた客も、すっかり遥香に魅了されてしまったのか、いつのまにか喝采《かっさい》を送っている。

これにはマリーも衝撃を受けた。

「すごい。なんて子なの……」

ステージのライトから追いやられ、暗いカウンターのスツールで、マリーはすっかり気圧されてしまったのか、呆然《ぼうぜん》としている。

ホール係のナッツたちも、仕事を忘れて聴き入ってしまう始末だ。

聴衆は皆、呑まれてしまっている。誰もテーブルの飲食物に手を伸ばす者はなく、魅入られたようにステージを見つめ、一瞬も目を離そうとしない。

その歌声は、まるで夜の酒場に降りてきた妖精のようだ。木漏れ日《こもれび》を踏むように軽やかなステップを踏んだかと思うと、妖艶《ようえん》に誘いをかける。小悪魔のように悪戯《いたずら》をしかけたかと思えば、憂《うれ》いに沈む。千変万化《せんぺんばんか》だ。特に伸びやかな高音は、聴いている者を忘我《ぼうが》の境地にまで誘い、陶酔《とうすい》させた。

テーブルから見守る母親・早枝子は、初舞台の出来映《できば》えに満足そうだ。野心的な目つきは、ますます輝きを帯びていた。ただひとり、執行は険しい顔を崩さなかった。そのことに景虎だけが気づいていた。

観客の心を鷲摑《わしづか》みにして、ショーは大喝采のうちに幕を下ろした。異様な熱狂だった。マリーの存在など忘れたかのように遥香へとアンコールを求める。ショーが終わった後も余韻《よいん》が消えない。辛口で知られる音楽評論家の野中大二郎《のなかだいじろう》が、帰り際、執行のもとにやってきて、不気味なほど満面笑顔で握手を求めてくるほどだ。

「おい、執行！　またすごいのを連れてきたな！　あんな逸材《いつざい》どこから見つけてきたんだ。ありゃあ、売れるよ……！　昨今じゃピカイチだ！」

「お、おう」

「クリスタルヴォイスの遥香と哀愁《あいしゅう》のマリー、二本柱ならもう怖いものなしだな。こんなガード下でちまちまやってないで、さっさと銀座のど真ん中に出てこい！　銀座一を目指せよ！」

他の常連客も興奮して大騒ぎだ。従業員たちも圧倒されている。皮肉なことにこの日のショーが、今までで一番の盛り上がりを見せたのだ。

終演後、早枝子が執行のもとにやってきた。

執行の表情は固い。早枝子は余裕の笑みを浮かべていた。

「どう？　私の秘蔵っ子は。ものになる？」

「……若い頃のおまえが歌ってるのかと思ったよ」

「ふふ。私よりも声はいいかもね。どう？　あの子を使わない？　この店のナンバーワン歌姫として」

「断る」

即答した執行に、早枝子は意表を突かれた。景虎たちも驚いた。

「どうして？　初舞台であれだけの喝采を浴びたのよ。野中だって、絶賛《ぜっさん》したじゃない。あの子が欲しいとは思わないの？」

「うちにはマリーがいる。バンドとの相性もバランスもいい。あの子は歌はうまいが、表現力はまだまだ子供だな。お遊戯《ゆうぎ》の範囲を出ていない。うちで歌うには幼すぎる」

「それは新人だからよ。育てたいとは思わないの？　あたしを育てたみたいに」

「思わない」

またしても執行は即答した。あまりに身も蓋《ふた》もない突っぱね方だったので、はたで見ていた景虎がちょっと慌てたほどだ。

「俺は自分で見つけた才能を育てるのが、楽しいんだ。押しつけられてすることじゃない。才能はある子だから、他で育てたらいい。アオプロお抱えの作曲家の先生なら、いくらでもいるだろう。ホールだって、うちより立派なのがいくらだってあるはずだ」

「……どうしても、あの子を使わない気？」

執行はつれなく背を向けた。

「使う気はないね。他をあたってくれ」

「そう。あの子を使わないなら、白木たちも引《ひ》き揚《あ》げさせるわ。お宅のバンドマンたちはまだ当分入院中なんでしょ。ろくにバンドも揃わない店、お客の足も遠のくってものよ」

執行はぎょっとした。

「………。それは脅《おど》しか」

「脅しに聞こえるなら、どうすればいいのか、わかるでしょ」

「なんでそんなにうちにこだわるんだ。もっとテーブル数も多い、でかい店のステージに立たせればいいだろう。アオプロに乗っ取られたエル・グランにでも」

執行はやはり買収の件は知っていたようだ。景虎はふたりのやりとりを注視した。早枝子は、急に不遜《ふそん》な眼差しを控えて、真顔で呟《つぶや》いた。

「〝なんで〟……？　そんなことも、わからないようになってしまったの？」

「ショーは終わった。帰ってくれ」

「明日も来るわ」

早枝子は毛皮のコートを羽織《はお》って、店を去っていった。

執行の周りに従業員たちが集まってきた。心配そうにしている。バンドが去ったステージは、熱気の余韻が漂っている。景虎もカウンターから声をかけた。

「どうするんです。このままアオプロのバンドマンを使い続けるつもりですか」

「………。なにがなんでも自力で代演を探しだす。心配するな」

だが執行の懸念《けねん》は、他にある。従業員に、また怪我人や病人が出るのではないか。

早枝子が関わっているという証拠はない。怪我人はともかく、病人については、偶然としかいえない。が、関わっていないという証拠もない。それだけではなく、執行には早枝子に強く出られない理由が、他にあるようだ。

景虎は冷徹《れいてつ》な目つきになった。

何か深い事情を胸に抱えているような執行を、じっと見つめている。

*

遥香の出現に、誰よりも衝撃を受けていたのは、他でもない——マリーだった。

その夜はなかなか寝つけなかった。

翌朝も、布団に座り込んだまま、ずっと考え込んでしまっている。先に起きて、石油ストーブをつけた景虎が、マリーにオレンジジュースを差し出した。

「ほら。こっちに来い。朝メシくらい、しっかり喰えよ」

マリーはようやく起きあがり、ちゃぶ台の前に座った。しかし元気がない。食欲もない。トーストにも手をつけようとしない。景虎は牛乳を飲み干して、溜息をついた。

「……そんなにすごかったのか。あの子の歌」

ええ、とマリーは力なく答えた。

「どれも素晴らしかった。私なんかより、ずっとうまいわ。あの子……」

「そうかな。オレはああいう高い声は苦手だ。きらきらしすぎて」

「あんなに透き通ったソプラノを聴いたのは、初めて。それだけじゃないわ。私よりも、音域が一オクターブ以上、広い。それにあの歌唱術《かしようじゆつ》……。太刀《たち》打ちできないわ。あれでまだ十六だなんて、信じられない」

「そんなにうまかったかな……」

「天才よ。本物だわ。あれこそミラクル・ヴォイスの持ち主よ」

マリーは打ちのめされていた。同じ歌い手だからこそ、相手の優《すぐ》れた面が誰よりも聴き取れてしまえるのだろう。

戦慄《せんりつ》しているマリーに、景虎は語りかけた。

「天才少女がひとり現れたからといって、おまえが怯《おび》える必要はない。執行社長は、あの子を使う気はないって言ってるし、おまえはレガーロの看板だ。ステージはコンクールじゃない。競ったり比べたりするわけじゃないんだから、意識する理由もないじゃないか。いつもどおりにおまえの歌を歌えばいい」

「わかってないわ……、景虎。あなた、わかってない！」

マリーは不安を抑えきれなかった。

「ゆうべのお客さんの反応を見たでしょう？　少なくとも、昨日いたお客さんにはわかったはずよ。私の歌と比べたはずよ。怖い。昨日までと同じように歌える自信がない……！」

「晴家《はるいえ》……」

握りしめた手が小刻みに震えている。同じ歌手だからこそ、脅威《きょうい》だと感じる何かが、遥香にはあったというのだろうか。確かに若いのに素晴らしい歌声だとは思ったが、皆があれほど沸くほどすごいものだとは景虎は感じなかった。むしろ客の異様な盛り上がり方が気味悪く思えたほどだ。それは自分が門外漢《もんがいかん》で、ろくに歌唱の善《よ》し悪《あ》しもわからないからか。

そのとき、部屋のドアをノックする音が響いた。

ふたりが住むおんぼろアパートに来客などは滅多《めった》にない。しかも、まだ朝の九時だ。こんな時間から誰だろう。「何かの集金だろう」と言い、景虎はドアを開けた。

固まった。

「あんたは……」

「小杉《こすぎ》マリーさんのお部屋は、こちら？」

そこに立っていたのは、青木早枝子そのひとではないか。

重そうな毛皮と赤いハイヒール。おんぼろアパートには似つかわしくない姿だ。

立ち尽くす景虎に、早枝子は怜悧《れいり》な眼差しを向けて、こう言った。

「マリーさんにお話があって来ましたの。あがっても、よろしいかしら」

第四章　羽の折れた蝶は

　突然、アパートにまで押し掛けてきた青木早枝子《あおきさえこ》を前に、マリーは明らかに顔を強《こわ》ばらせている。隙間《すきま》風の吹き込む木造アパートの安部屋に、高級スーツに身を包んで舶来《はくらい》香水をまとう早枝子がいる光景は、なんとも浮いている。異物以外のなんでもない。景虎《かげとら》もあからさまに警戒《けいかい》した。茶を用意しようとすると「おかまいなく」と早枝子は断った。長居をするつもりはないようだ。

「単刀直入に言います。あなた、うちの事務所に所属する気はない？」

　マリーも景虎も、意表を突かれた。早枝子は煙草《たばこ》を取りだし、火を点《つ》けた。

「どういう意味でしょう」

「意味も何も、言葉通り。そのままの意味よ。アオプロに移籍するつもりはないかって訊《き》いたの。もし、承諾《しょうだく》してくれれば、銀座《ぎんざ》の大きな店での出演はもちろん、レコードデビューさせることも考えているわ。テレビやラジオに出演してもらうこともね。あなたの歌が全国に流れてあっという間に知名度があがるわ。どう？」

歌手としては願ってもない話ではある。しかし、警戒心が先に立った。

「なぜ、突然そんな話を……?」

「突然でもないわ。あなたの評判を聞いてステージを見て、是非《ぜひ》うちで獲得《かくとく》したいと思ったの。もちろん売り出しには力を入れさせてもらうわ。ギャラも充分な額を」

マリーは固い表情のままだ。レガーロでの一連の欠員事件、その陰《かげ》でアオプロが動いている。こんな状況で声をかけられても、素直には応じられない。当然のことだ。

「本当の目的はなんですか。レガーロを乗っ取るつもりなんですか」

「人聞きの悪い。私は彼のピンチに助け船を出しているだけよ。……そうそう、今夜からレガーロのステージには、南方遥香《みなかたはるか》も立つことになるわ」

マリーはぎょっとした。早枝子は深く煙草の煙を吐き、煙越しに、マリーの強ばる顔をじっくりと眺め、ちゃぶ台に肘《ひじ》をついて身を乗り出した。

「あなたと遥香、どちらがお客の人気を集めるかしら。楽しみだわ」

「いい加減なことを言わないでください。執行《しぎょう》社長は彼女は使わないと断言したはずです」

「意固地《いこじ》になってるようだけど、あの人も受け入れざるを得なくなるわ。だって、この東京で、あの人の出演要請に応じるバンドマンはいないのだから」

「やはり裏で手を……」

景虎は怒気《どき》をはらませ、詰《つ》め寄った。

「どうして。なぜ、そこまでしてレガーロを」

「私は悪い話を持ちかけてはいないつもりよ。返事は急がないけど、なるだけ早くね」

手短に用件を伝えると、早枝子は灰皿に煙草を押しつけ、立ち上がった。灰皿に残された赤い口紅《くちべに》のついた洋モクを、マリーはじっと見つめたまま、動かない。部屋から出ていった早枝子を、内廊下まで追いかけたのは、景虎だった。

「まだ何か用があるのかしら?」

「執行社長に何か怨《うら》みでもあるんですか」

早枝子は立ち止まり、ほほ……と笑った。

「怨みなんてあるものですか。ただのビジネスよ。古い知り合いというだけ」

「レガーロを乗っ取りたいなら、こんな手の込んだ真似《まね》をしないで、エル・グランの時同様バンドマンを買収すればいいだけです。あえて代演を突っ込む工作をしたのは、あなたの娘をレガーロのステージに立たせるためですか。もしかして、あの子は」

「馬鹿《ばか》言わないで。そんなわけないでしょ」

「〝そんなわけ〟……? どんな〝わけ〟だと思ったんですか」

早枝子は階段をおりかけた足を止めた。振り返らないが、声に怒気がこもっていた。

「なんなの、あなた。私にカマかけたつもり?」

「……………。青木さん。あなたの動機など関知するところではありませんがね。ひとつだけ」

景虎は真剣な眼差《まなざ》しで相手を見据《みす》えた。

「あなた。右の肩に腫《は》れ物がありますね」

どきり、として早枝子が振り返った。

「なぜそれを」

「その腫れ物が人の顔の形をしていたら、要注意です。あなたに取り憑《つ》いている霊たちが、あなたの肉体を奪《うば》う兆《きざ》しです。自分の肉体から追い出される前に祓《はら》ったほうがいい」

早枝子は露骨《ろこつ》に恐《おそ》れを露《あらわ》にして、景虎を見た。

「なんなの。あなた……」

「その霊たちは怨霊《おんりょう》です。放っておくと、手遅れになりますよ」

霊が怖いというよりも、目の前の若者が恐ろしい、といった顔で、早枝子は足早に階段をおりていってしまった。景虎は眉《まゆ》ひとつ動かさない。先程、早枝子と間近に向き合いながら、景虎は霊査《れいさ》していたのだ。彼女に抱着《ほうちゃく》している霊を。

(少なくとも霊齢《れいれい》は数百年……)

間近で集中して視《み》て、ようやく霊歴《れいれき》の片鱗《へんりん》を摑《つか》んだ。

(かろうじて生前の容姿を保《たも》っていたから、だいぶ執着念《しゅうちゃくねん》の強い霊だ。大紋《だいもん》だか素襖《すおう》らしきものを着ていた。あんな格好をするのは、室町……早くとも江戸時代)

死の際のシチュエーションに強い執着を抱《いだ》いている霊の場合、比較的、生前の姿を鮮明《せんめい》に留める。そうでなく、記憶や人格が曖昧《あいまい》になった場合は、それらが薄まる傾向にある。彼らは、姿を残している。武家の霊だ。

(しかもどういうわけか、泥まみれになっていた……)

――土砂崩れに遭《あ》う夢なんだよ……っ。

サムの証言だ。霊たちが泥まみれだった理由も、土砂崩れで圧死したのなら合致《がっち》する。

早枝子に憑く霊の思念が、何らかの媒介《ばいかい》を経《へ》て、サムに感化したのか。

霊の思念を、生き人《いびと》が受け取ることはある。死が当人にとって衝撃であればあるほど、その念は強く残る。場所にも残るし、残った念を生き人が受け取ることもある。もちろん霊自身も強く抱いている。その思念を、夢やフラッシュバックといった無意識に訴えるかたちで、伝えてくるのは珍しいことではない。

(つまり、サムの事故に、あの女が関わっていた証拠)

謎もますます深まった。……どう関わったのかが問題だ。そもそも彼女に、なぜ、あのような霊たちが大勢取り憑いているのか。

部屋に戻った景虎は、青白い顔で思い詰めているマリーに気づいた。

いつものマリーだったら、冷静に早枝子に憑いたものの霊歴を読み解いただろうが、それもままならないほど、動揺している。こんな一面を見るのは初めてだったので、景虎は驚いた。

「晴家《はるいえ》……」

＊

マリーの様子がおかしくなったのは、それからだった。

ステージにあがっても目が泳いで、音程を外したり、歌詞を間違えたり……。声も明らかに出ておらず、調子を崩しているのが客席にもありありと伝わった。原因はわかっている。遥香だ。遥香がステージにあがった後でマリーの不調は顕著《けんちょ》だった。

あんなに毎晩楽しそうに、顔を輝かせて歌っていた彼女が、今は表情も体も硬く、発声も不安定だ。聴いているほうが不安になるほどだ。

「おい、どうしたんだマリーは。体調でも悪いのか」

評論家の野中《のなか》が思わずウェイターに訊《たず》ねたくらいだ。おかげで客が早々に帰ってしまったり、お喋《しゃべ》りのほうに夢中になって、ろくに聴かなくなっている。そんなフロアの雰囲気《ふんいき》がステージからはあからさまに感じ取れるので、マリーはますます萎縮《いしゅく》してしまっている。

坂口《さかぐち》も心配している。

「マリーさん、このごろ様子がおかしいな。何かあったのかな」

（晴家のやつ……）

景虎は、彼女がここまで崩れるとは思いもしなかった。今までも彼女よりうまい歌手は出ていたし、そういう相手の歌を聴いても、自分と比べて落ち込むことなどなかった。むしろ素直に憧《あこが》れて、それを目指す。技術を盗む。常に前向きだった。

「レガーロのナンバーワンになって、やっと自信が出てきたところだったんだろうね」

バックヤードから現れたのは、白髪混じりの年配バーテンダーだ。

「元《げん》さん。……腰はもういいんですか」

くしゃっとした笑顔で「だいぶね」と答えた。腰痛を患《わずら》っていたが、ようやく快復してきたので、久しぶりに店の様子を見に来たという。事情はフロア・マネージャーから聞いたらしく、同情気味にマリーを眺めていた。

「マリーちゃんは見かけによらず繊細《せんさい》だね。こうも真っ向からプライドを折られたことがなかったんだろう。店の看板っていう自負があっただろうしね」

「意外です。人と比べられて気後《きおく》れするような奴《やつ》には見えなかったから」

「プライドが育った証拠だよ。目の前で他人が喝采《かっさい》されてしまうと、実際以上に自分が小さく見えてしまうもんだ。傷ついたプライドを取り戻そうとして、躍起《やっき》になって、同じところで勝負してしまう子を何人も見てきたよ。大抵《たいてい》自滅するんだ」

カウンター越しにたくさんの人生を見てきたベテラン・バーテンダーだ。その言葉には、含蓄《がんちく》があった。

「横から喝采が聞こえてきても、自分の道を見つめ続けていられた者だけが、生き残る。そういう世界だよ。ステージっていうのは」

「マリーはどうすれば」

「どうもできん」

突き放すように元さんは言った。

「あれはね、試練だ。表現を生業《なりわい》にするやつには必ず訪れる。試されてるんだ。ああなったら周りがどんなにいいこと言っても、その場しのぎにしかならん。自分と闘《たたか》って気づけた者だけが克服《こくふく》できるのさ」

他人には手出しができない闘いというやつだ。自分で乗り越える以外、術《すべ》がない。

景虎は、ステージで立ち竦《すく》むマリーの姿に、ふと直江《なおえ》が重なったような気がした。

「おまえさんは、自尊心が傷つくほど何かに負けたことはないのかい」

景虎が目を瞠《みは》ると、元さんがこちらを見ている。

「オレは……相手を恨んだことはあっても、あんなふうには」

「自分が得られない喝采に、歯ぎしりした経験がない者には、一生訪れない試練だな。……しかし、それとは別に執行君はあの子を手厚くフォローしてやらないと……。プロのプライドは一度傷つけると、こじらせた後が厄介《やっかい》だぞ」

「どういうことです」

「中には、へそを曲げる歌手もいる。彼なら、わかっていると思うが」

その執行の姿が、ない。代わりのバンドマン探しに奔走《ほんそう》しているのか。

マリーには、今こそ彼の言葉が必要なのだが。

「……加瀬《かせ》さん。また来てますよ。あの女」

ナッツがやってきて、テーブルを目線でさした。青木早枝子だ。悠然《ゆうぜん》と足を組んで、見守っている。まるで店に君臨《くんりん》する女王のようだ。

「連れは映画会社の上役だぜ。遥香の売り込みで連れてきたみたいだ」

このままではマリーは引き立て役になってしまう。見ていられなくなって、景虎はマリーをステージから下げさせようと思ったが、元さんに止められた。そんなふうにして逃げても彼女のためにはならない。その元さんは、早枝子を眺めて感慨《かんがい》深そうだ。

「南《みなみ》早枝子……か。いい子だったよ。初めはおどおどして引っ込み思案だったけど、執行君に育てられるうちにどんどん才能が開花した。まぶしかったなあ」

「若い頃を知ってるんですか」

「ああ。僕が勤めてた店にもよく連れてきてた。初々《ういうい》しかったね。垢抜《あかぬ》けない田舎《いなか》娘がみるみる美しくなっていった。まるで蛹《さなぎ》から蝶《ちょう》に羽化《うか》するのを見てるみたいだったなあ」

今の世慣れた姿からは想像もつかない。かれこれ二十年以上前の話だ。

「……執行君も若かったし、彼女を育てるのに情熱を注《そそ》いでた。早枝子ちゃんはそれに応えるみたいに輝いていった。戦争さえなければ、日本を代表するジャズシンガーになってただろうに」

「……。あのふたり、もしやと思いますが、恋仲だったのでは」

「ふふ。執行君はもてたからなあ。銀座じゃ、さんざん浮き名を流したもんだが……」

元さんは昔を偲《しの》ぶように苦笑いを浮かべた。

「あのふたりは恋人という甘い雰囲気じゃなかった。恋人以上に濃密《のうみつ》だったんじゃないかな。誰も入り込めなかった。むしろ戦友かな。スターダム目指して魂《たましい》と魂で二人三脚してるような……ふたりでひとつの夢を追ってる、そんな熱をまとっていた」

執行が敏腕《びんわん》プロデューサーだったことは、景虎も聞いていたが、あの狡猾《こうかつ》な女社長との間にそんな時代があったとは……。

「執行君が出征《しゅっせい》して、早枝子ちゃんは彼なしに歌い続けることはできなかったんだろうな。戦争で、歌の仕事も激減してたし。暗い時代になったからね」

米英製の楽曲は演奏禁止になり、敵性語を使うことも禁じられたような時代だ。彼女が立てるステージはもう日本にはなくなっていた。

ステージからマリーが下がり、遥香が出てきた。早枝子の生き写しを目《ま》の当たりにして、老バーテンダーはますます胸がいっぱいになったようだった。

「——早枝子ちゃんは、戦争で失われた青春の続きを、あの子に託《たく》しているのかもしれないね……」

歌い始めた遥香を見る早枝子の眼差しは、厳しい。だが、どこか切なそうでもある。自分の若い頃を重ねているのか。その心によぎるものが、景虎にも伝わってきた。

(レガーロにこだわるのは、やはりここが執行社長の店だからか)

(だとしても、あんな悪意のあるやり方をするだろうか)

やはり執行への怨みがあるのか。その怨恨《えんこん》が抱着霊を呼んでいるのか？　それがなぜ侍《さむらい》の霊なのか。ただの偶然なのか。それとも、怨霊の悪い影響でそう仕向けられている？

(あの怨霊たちを取り除けば、憑き物が落ちる……わけはないか)

そこへフロア・マネージャーがやってきた。なにやら焦《あせ》った顔をしている。どうしたのか、と訊ねると、

「あのー……、『ソレイユ』というバーの方から、執行社長を迎えに来てほしい……と」

「迎え、だと？」

景虎は元さんと顔を見合わせた。元さんはどうやら察したようだ。そこは執行の行きつけのバーだった。「ここは僕に任せて迎えに行ってやりなさい」と促《うなが》され、景虎は冷たい雨がそぼふる中、金春通《こんぱるどおり》にあるバーへと向かった。

困ったことが起きていた。まだ時間も早いというのに、執行が酔いつぶれている。

「社長！　こんなとこで何やってるんですか……っ」

「おう……、加瀬かあ。よく来たなあ」

何言ってるんですか、と景虎は叱《しか》りつけた。執行はへべれけになっていて、床に座り込んでいる。こんなに泥酔《でいすい》したところは見たことがない。バーの店員も困惑しており、手に負えないのでレガーロにSOSを出したところだ。

「迷惑かけてすみません。ほら、社長」

もう足腰が立たない。仕方なく景虎は執行を背負って店を出た。

「どこにもいないと思ったら、こんなところで呑《の》んでるなんて……」

いつもならレガーロで呑んでいる執行だ。でも自分の店だという自覚があるから、ここまで泥酔することはない。というより、酒に呑まれる執行を初めて見た。

「まったく……。うちの営業中によそで呑んでるなんて。らしくないですよ。社長」

傘《かさ》の中で寄り添う男女が、酔いつぶれた執行を背負って歩く景虎をしげしげと見ていく。道路には送り迎えのタクシーがひしめきあって列をなしている。濡《ぬ》れたアスファルトに、きらびやかなネオンが映って、銀座の夜がいつも以上に明るい。

「……だって、あの子が立ってんだろ……」

「え？」

ろれつも怪しい執行の呟《つぶや》きを聞き止めて、景虎は肩越しに振り返った。肩にひっかけた傘の下で、執行は寝ぼけたように、

「……いづらいじゃねぇか……昔思い出しちまって……」

ながらわかった気がした。

執行は答えない。酔いつぶれたのか、つぶれたふりをしているのか、景虎にはわからなかった。だが、まるで自分の店から逃げるように、よその店で呑んでいた執行の気持ちが、わずかながらわかった気がした。

「……おい、加瀬……」

高架橋の上を電車が通り過ぎる。煉瓦壁《れんがへき》が雨に濡れそぼっている。

背中から執行が言った。

「おまえには……自分の命の片割れみたいに感じてる奴は、いるか……」

耳元で問いかけられて、景虎はどきりとした。ひどく至近距離からの囁《ささや》きは、まるで天からの問いかけのように思え、はぐらかせないと感じた。

「………。いますよ。でも」

景虎は濡れた路面に映る街灯を見つめ、

「オレたちは、近くにいすぎてはいけないんです。きっと」

「……そんなわけあるか」

ろれつもうまくまわらない。だが執行は確かに呟いた。

「……ちゃんと伝えねえと……後悔するぞ。そいつが……明日もそこにいるとは……限らないんだからな……」

それきり、あとは寝息に変わった。背中に伝わる執行の体温が、やけに切なく胸を締《し》めつけた。その熱に、誰のぬくもりを思い浮かべているのか。

――生きましょう。景虎様。私は生き抜きます。

執行の体重が、あの男の重さのように感じられてきて、嚙《か》みしめながら目を伏せた。

(使命という縄《なわ》で人を縛《しば》りつけるくせに、近くに引き寄せれば、悲鳴をあげる……。そんな男相手に一体、何を伝えろというんだ)

通りかかった車が水たまりをはねて、ズボンを濡らした。ふくらはぎに張りつく濡れた布地の感触が、心まで冷えこませていく。

(あいつは男としてオレを屈服《くっぷく》させられれば、それで満足なんだろう。それが成就《じょうじゅ》した時にオレのもとから去るんだろう。それがこの関係からの解放の日になるんだろう)

(あいつは新しい関係なんて望まない。新しい関係になんて、ならない……)

手はかじかんでいるのに、雨はいっこうに雪にはならない。騒音とともに、電車の窓灯《あか》りが帯となって、ふたりを追い越していく。景虎は高架を見上げた。街を覆《おお》う低い雲はネオンに照らされ、今日もオレンジ色に染まっている。

＊

レガーロが「南方遥香」に翻弄《ほんろう》されている頃、直江はオーディションに挑む「新人タレント」として、早枝子のもとに通っていた。着々と準備を重ねている。今日は写真スタジオにいた。

「はい、じゃあ次は足を箱にのせてみて。目線はこっち。いいね、いいね」

ファインダーを覗《のぞ》き込んでいるのは、プロカメラマンの宮路良《みやじりょう》だ。映画のスチール写真やグラビア、ファッション誌を飾る写真を多く手がけている。芸能写真専門のカメラマンだが、当人も海外の映画俳優かと思うような出で立ちで、撮られているほうが気後れするほどだ。

被写体となっている直江は、注文をつけられるままにポーズをとるが、どうも素人《しろうと》くささが抜けない。カメラの前にどういう心持ちで立てばいいのか、わからないのだ。

「いいのよ。新人なんだから。変にカメラを意識しないで」

立ち会う早枝子は、今日も隙のない装《よそお》いだ。ハイヒールは戦闘靴《せんとうぐつ》とでもいうように。

すると、宮路は肩を竦《すく》めた。

「どうも、うまく決まりませんね。いっそコイツ脱がしてみたらどうですか」

直江はギョッとした。早枝子は呆《あき》れて、

「なに言ってるの。オーディション用にヌード写真出す馬鹿《ばか》がどこにいるの」

「だって、こいつ、ただボーッとしてるだけで、つまんないんですよ。脱がして薔薇《ばら》でもくわえさせたほうがインパクトあるんじゃないですか」

冗談じゃない、と直江は内心慌《あわ》てた。こんな写真を撮られているだけでもこっぱずかしいのに、ヌードなんて論外だ。

「アラそうね。そういう押し出し方もあるわね。試しにちょっと撮ってみる？」

「ば、ばか言わないでください！　聞いてませんよ、そんな話」

「それとも何かな。体に自信がないのかな？」

「関係ないでしょ。カストリ雑誌じゃあるまいし。しかも男のヌードなんて」

宮路は緩《ゆる》いウェーブのかかった前髪をいじりながら、レフ板の直しを助手に指示した。

「今はそういうセンセーショナルなのがウケるんだよ。女は刺激を求めてるし、そっち嗜好《しこう》の業界人も大勢ひっかかるんじゃねえのか。扇情的《せんじょう》に撮ってやる。おら脱げ」

「や、やめてください！　なに脱がしてるんですか！　訴えますよ！」

「全部が嫌なら下着姿でもいいや。度胸出してやってみろ」

宮路の奔放《ほんぽう》さに、早枝子もしまいには呆れて「好きになさい」と肩を竦めた。それでもセンスは信用しているのか、まるで助ける気はないようだ。

「あとは任せるから、納得のいく写真が撮れたら呼んでちょうだい。私は下の喫茶店《きっさてん》にいるから」

「そんな無責任な！　ちょっと青木さん！」

「洋風下着じゃ物足りねえや。おい助手。ちょっと衣装部屋行って、ふんどしもってこい」

「ふんどしって……なんなんですか！」

「ふんどし一丁で横たわれ。ついでに薔薇買ってこい」

スタジオに悲鳴が響《ひび》いた。

それから四十分ほどして、よれよれになった直江がスタジオから降りてきた。着衣が乱れてげっそりとやつれている。早枝子は珈琲《コーヒー》を飲みながら、台本を読んで待っていた。

「いい仕事ができたみたいね。何事も経験よ」

なにがいい仕事なものか。もう耐えられない、と直江は思った。

「なんなんですか。あの変態カメラマンは」

「宮路のこと？ つきあいのある新聞社さんから最近紹介されたの。腕はいいわよ。ハイセンスな撮り方するわ。フットワークもいいし、重宝《ちょうほう》してるの。あんな軟派だけど、昔は従軍カメラマンだったそうよ」

「きっと兵隊の裸でも撮ってたんでしょう」

直江は出された珈琲を渋々《しぶしぶ》飲んだ。そして早枝子が見ていた資料写真に気がついた。

「それは……？」

「あなたと遥香がオーディションを受ける映画の資料よ。ここでロケを行う予定なの」

写っているのは合掌造《がっしょうづく》りの集落だ。夏の田んぼ、雪景色、ひなびた里の四季折々《おりおり》の風景が、心を和《なご》ませる。

「若い男女の恋物語なの。都会で誤《あやま》って人を殺した過去を持つ若者が、素性を隠して住む村で、療養に来た病気の少女と出会うの。でもその少女は若者が殺してしまった男の娘なの。そこに若者の過去を知る悪い連中がやってきて……という悲恋物語。ロケは白川郷《しらかわごう》で行う予定よ」

「白川……。確か岐阜と石川の境あたりですね」

「私の故郷でもあるの」

直江は驚いた。早枝子は珈琲を飲みながら、

「うちも合掌造りだった。屋根の葺《ふ》き替えは、村の人が総出で手伝うの。屋根のてっぺんまで男たちが上って。家の中からは青空が見えるの。大仕事だけど、子供心にはちょっとしたお祭りだったわ」

「実家があるということは、田舎に残してきたという旦那《だんな》さんも、白川に？」

「……………。あたし、そんな話したかしら」

直江はほぞを嚙んだ。しまった。これは景虎から聞いた話だった。慌てて「お酒の席でそのような話を」とつけ加えると、早枝子もさらりと受け流し、

「悪い嫁よね。寝たきりの夫をおいて、娘を連れて東京に出てくるなんてねえ。村ではさんざんな言われ方してるわ。本来なら、夫の代わりに、先祖代々受け継がれてきた田畑《たがや》を耕すのは嫁の仕事よ。なのにそれも放り出して、東京なんて。こんな身勝手な嫁とよく離婚もせずに……って」

置いてきた夫の面倒は、老いた姑《しゅうとめ》と親戚《しんせき》が看《み》ているという。充分な仕送りはしていても、

ろくに嫁の務めも果たさない早枝子を、口さがない人々は悪く言うばかりだ。

「だから、なんとしても娘を成功させたいの。見返したいのよ。もっとも、成功すればするほど、やっかみが増すだけでしょうけど」

銀座では最先端の女でも、古い共同体の価値観からすれば、その生き方は常識外れもいいところだ。故郷に帰ったところで居場所はとうにないだろう。

「さ……、くだらない身の上話はいいから、レッスンの時間よ。車を呼んであるから」

立ち上がりかけた早枝子が、急にカバンを落とし、右肩を押さえてうずくまった。「大丈夫ですか」と体を支えようとしたが、早枝子から手を払われた。

「さわらないで。ちょっと腫れ物があるだけだから」

「痛むんですか」

「ただの四十肩《しじゅうかた》よ。なんでもないわ」

「病院に行ったほうが」

「なんでもないって言ってるでしょ！」

鬼のような形相《ぎょうそう》で怒鳴られた。苛立《いらだ》っているのは、腫れ物のせいか。カバンの中身がこぼれて床に散乱している。直江は拾い集めようとして、手を止めた。

（なんだ、これは）

数枚の赤い木製の板だった。卒塔婆《そとば》のように見えたのは、その表に文字だか記号らしきものが記されていたからだ。手に取ったそれを、早枝子はさっと横から取り上げた。

「しおりよ。手製なの」

と言って本に挟んだ。早枝子はコンパクトやら口紅やらを拾い、行きましょう、と歩き出した。直江の目には見える。彼女に憑いている数体の抱着霊が。

(面倒だな。数日前より、だいぶ肉体を侵襲《しんしゅう》してる)

――《調伏《ちょうぶく》》できるか？

実は朝、景虎から指示を受けた。青木の抱着霊を取り除《のぞ》け、と。

事務所で一度トライした。が、外縛《げばく》を跳ね返されたのだ。《調伏》できなかったのだ。

一般的に、抱着霊は憑依霊《ひょういれい》よりも対処が楽だ。肉体に根を下ろしていないので、吹き飛ばすのが比較的、楽なのである。憑依霊の場合、完全に肉体に潜《もぐ》ってしまうと《調伏》が効きづらくなる。まだそういう状態ではなかったので安易に考えていたようだ。

(除霊を受けつけないのは、ただ霊力が強いからじゃない。何か強い殻《から》に守られてる。あの霊たち……。一体、なんだ。あの殻は)

外にはタクシーが待っていた。ふたりで乗り込み、スケジュールの話をかわした。今日も遥香はレガーロのステージに立つという。

「あなたも聴きにいらっしゃい。いい手本になるわ」

「先日、大進興業《だいしんこうぎょう》の方とも話してましたけど、いま買収を進めているというのは、その新橋《しんばし》のホールのことですか」

「これは城攻め。店を陥落《かんらく》させることに意味があるの」

「どういうことですか」

「あの店は、あの男の夢だからよ」

サングラスをかけた早枝子は、行く手を見つめている。

「あの男とは、店のオーナーのことですか」

「買収なんかに応じる男じゃないとわかってるもの。私はあの男の夢さえ取り上げられれば、それでいいの。あんな奴に夢なんか見させてたまるものですか」

早枝子は一点を睨《にら》みつけるようにしている。

「潰《つぶ》してやるわ……。あの男が育てた才能を。私が育てた才能で」

鬼気《きき》迫る語調だった。直江も気圧《けお》された。サングラスの下でどんな眼差しをしているのか、確かめるのを躊躇《ためら》うほどに。

「その男との間に、何があったんですか……」

「何が？　一口には言えないわ。私が捨ててきたものを、あの男にも捨てさせたいだけ」

それが何かを、早枝子は語らなかった。だが苦渋《くじゅう》を含む過去の気配が滲《にじ》んでいた。

「これはある人との約束でもあるの。あの店を奪えれば、アオプロに援助してくれると言ってる」

「ある人？　大進興業ですか」

「大進なんて目じゃないわ。援助が受けられれば、アオプロは日本一の芸能プロダクションになる。いいえ。なってみせる。この業界のトップに君臨してみせる」

早枝子は青山《あおやま》でタクシーを降りていった。残された直江は確信した。確定だ。レガーロを私怨《しえん》で狙《ねら》っているのは間違いない。しかも育てた才能を潰すとまで言っている。

（やはり仕組んだのは、青木早枝子。では、あの呪詛《じゅそ》も……）

「これはまた、厄介なことになりましたなあ……」

だしぬけに運転席から声をかけられて、直江は驚いた。赤信号で車を停《と》めてから、運転手が振り返った。帽子をあげて目を細めた。

「な……っ。おまえは！」

「これはこれは……お久しぶりですなあ。直江信綱《のぶつな》殿」

おかっぱ頭の若者だ。生白い顔で、仏像のように笑っている。直江はシートに後ずさりかけた。

「おまえは高坂弾正《こうさかだんじょう》！　こんなところで何をしている！」

「こんなところでとは、ずいぶんだな。私がタクシー運転手をしていて何が悪い」

高坂弾正は、元・武田信玄《たけだしんげん》の家臣だ。直江たちとは同時代人と言える。彼は森蘭丸《もりらんまる》たちのような「最近甦《よみがえ》った霊」ではない。直江たち同様、今日まで換生《かんしょう》してきた男だ。直江たちには怨霊退治という使命があったが、この男には換生する目的が、ない。いや、あるのかもしれないが、決して語らないし、推測もできない。謎だらけの男だ。

何度か、助けられたり邪魔《じゃま》をされたり……を繰り返してきた。会うたびに立場を変えるので、敵か味方かもよくわからない。神出鬼没《しんしゅつきぼつ》とはこの男のことを言うのだろう。

「なんのつもりだ。これは」

「先日は助けてやったのに礼もなしか。相変わらず礼儀を知らない連中だな。上杉《うえすぎ》とは」

「おまえと茶なんて、ごめんだ」

「恩人に茶の一杯もおごれぬとは……。この守銭奴《しゅせんど》め」

「誰が貴様に茶など……うわっ」

急発進をかけられて、シートに押しつけられた。乱暴きわまりない運転だ。

「おろせ。別のタクシーに乗る」

「何やら風の噂《うわさ》に、直江殿は医者をやめて映画スターを目指していると」

直江は肝《きも》が冷えた。なんという地獄耳《じごくみみ》だ。どこからそんな情報を得てくるのか。

「方便だ。レガーロの連続呪詛事件を調べてる」

「あの女に抱着している霊の正体を知りたいようだな」

「！　……わかるのか」

高坂の霊査能力は、今のところ右に出る者がいない。晴家も霊査能力が高いけれど、比ではない。

人間は、死ぬとあの世に行き、魂は浄化《じょうか》されて生まれ変わるという。浄化されて生まれ変わった霊魂《れいこん》には、前世の記憶は残らない。一方、換生者の霊魂は、この世に残って浄化されないまま、他者の肉体を奪って次の生を開始する。浄化を受けないため、前生の記憶が残ったままなのだ。

この浄化という作用、記憶だけでなく人格も消してしまう。だから生まれ変わった霊魂は別人というわけだ。しかし、それでもなお変わらない部分が「魂核《こんかく》」という。これは浄化しても唯一残るもので、最高レベルの霊査能力者はこの「魂核」の部分を見分けて、その人物の「前世」までも判別できてしまう（まったく未知の人物の魂核から前世を読むことはさすがに難しいが、過去に会った人物ならば、その魂核を照合できるので、生まれ変わりを判別できるのだ）。

高坂はまさにそれだ。最高レベルの霊査能力者だった。

抱着霊の霊査などは朝飯前だった。

「霊齢はおよそ四百年から五百年。戦国時代の怨霊だな」

「戦国時代」

「男は大紋を着ている。女は打掛《うちかけ》姿。武家の者と見た。共通しているのは皆、泥にまみれていることだ」

「どういうことだ」

「死因は圧死。もしくは窒息死《ちっそくし》」

ハンドルを右に切り、都電の軌道《きどう》を横切って、高坂は言った。

「土砂に埋もれた死者たちだ。どうやら山崩れの犠牲者だ。宴《うたげ》の最中に大地震がおき、山が崩れた。土砂に押し潰されて死んだ者たちだ」

直江はゴクリと唾《つば》を呑んだ。高坂という男、霊の死の状況まで詳細に読み取るとは……。いつもながらに凄《すさ》まじい霊査能力だ。

「レガーロのバンドマンも山崩れの夢を見てる。やはり、あの怨霊たちの思念だったか」

高坂がバックミラー越しに直江を見た。直江は助手席のシートを掴んで、身を乗り出し、

「呪詛者は、青木早枝子本人だということか。だが、バンドマンを襲《おそ》った呪詛は海外の術だと聞いた。なんで彼女が、それを」

「私に訊かれても困るな。海外の呪詛は管轄《かんかつ》外だ。わかるのはあの抱着霊。衣の胸にある家紋に特徴がある。あれは――菊水《きくすい》」

「菊水の家紋」

家紋は、身元を探るための格好の手がかりだ。前回も、織田《おだ》家の木瓜紋《もっこうもん》が鍵になった。

菊水の家紋とは、菊の花が流水の上に浮かび出た形を表す。

「菊水といえば、楠木正成《くすのきまさしげ》の家紋か。確か後醍醐《ごだいご》天皇から下賜《かし》されたとか……。どういうことだ。楠木正成の遺民《いみん》？　南朝方の武士とでも？」

「南朝といえば、思い浮かぶのは熊沢《くまざわ》天皇だな。なんでも日本の敗戦を、後醍醐天皇が予言し

ていたとかいう怪しい古文書を持っていたくらいだ」

　熊沢天皇というのは、終戦後、我こそは南朝の子孫であり正統な皇位継承者だ、と主張して、昭和《しょうわ》天皇に退位を迫った、自称天皇の代表格だ。名古屋《なごや》市内で雑貨商を営《いとな》んでいた熊沢寛道《ひろみち》なる男のことで、一時、世間を騒がせた。

「〝朕《ちん》、崩《ほう》じて六百年の後、世は火の海、泥の海となりて日本天皇危うし、その危急を救うは神宝なり〟……。その神宝を所有していたとか」

「だが、偽書《ぎしょ》の可能性が高いんだろう？　こう言ってはなんだが、マッカーサーに上奏文《じょうそうぶん》を送ったり、天皇陛下《へいか》相手に天皇不適格の裁判を起こしたり……、ちょっとうろんな人物だったな。まあ、本人は本気で自分の正統性を訴えたかったんだろうが、天皇の権威もなくなろうかという時代に、南朝の子孫を主張されても……」

「まあ、だが……南朝の怨霊を担《かつ》ぎ出すという手は、悪くない」

　高坂の言葉に、直江は眉間《みけん》を曇《くも》らせた。

「例の六王教《ろくおうきょう》ならば、後醍醐天皇の怨霊を引っぱり出すくらいは、やりかねん。なんせ信長《のぶなが》の霊を叩《たた》き起こしたくらいだからな」

「どういうことだ。あの女の後ろに六王教がいるとでも？」

　馬鹿な、と直江は笑い飛ばした。

「六王教がレガーロの買収を裏で糸引いていると言いたいのか？　朽木《くちき》がいた頃ならばともか

く、あんな小さなホールのために、なんでそんな手の込んだ真似を……」

「信長がいなくても、景虎がいる」

直江は笑みを消した。

「景虎様を狙ってるとでもいうのか」

「ふっ」

再び、高坂が乱暴なハンドルさばきで交差点をまがった。タイヤが鳴り、直江は体を支えきれずにシートに倒れ込んだ。「おい、もっと丁寧《ていねい》に運転しろ」と文句を言ったが、高坂の視線は前方に注がれたままだ。

「……先程から後ろについてきている車がいる」

「え」

「直接訊いてみればよかろう」

高坂がアクセルを踏み込んだ。街の真ん中でカーチェイスが始まった。車一台がやっと通れる路地に突っ込んでいく。後ろにいるのは黒い乗用車だ。ゴミ箱をはねとばし、時々、コンクリート壁にフロントをこすりながら、猛然《もうぜん》と追ってくる。引き離せる感じがしない。どころか何度も車間を詰めては、ぶつかってくる。

「おい、もっとスピードをあげろ！」

二台の車が飛び込んだのは、建築現場の資材置き場だった。

水たまりをはね、積み上げた土管の前でスピンをするようにして停まり、高坂と直江は車から飛び出した。すぐに黒い車も追いついてきた。

中から降りてきたのは、ふたりの中年男だ。背広を着込んでいる。直江は、景虎とナッツを襲ったという男たちと風体が似ていることに気がついた。いや、それだけではない。

「我らになんの用事だ。つけまわされる覚えはないのだがな」

高坂も直江も、気づいている。降りてきた男たちはいずれも憑依されている。問うても、何も答えようとしないが、凄まじい邪気《じゃけ》をまとっている。

「！　……後ろ！」

振り返ると、背後に詰んであった資材の土管が一気に崩れてきた。直江と高坂は同時に左右に飛んだ。崩れた土管は、まるで生き物のように浮き上がり、ふたりを圧《お》し潰すように縦横無尽《じゅうおうむじん》に襲いかかってくるではないか。

「く……っ」

直江は《力《りょく》》を発し、頭上から降ってきた土管を砕いた。高坂も軽業師《かるわざし》のような身軽さで、落ちてくる土管をよけ、《力》で破壊していく。

「無駄《むだ》だ！　我らにそのような小手先《こてさき》の技は通用せん……！」

ぶん、と何かが空《くう》を切って飛んできた。咄嗟《とっさ》に直江は《護身壁《ごしんへき》》を生んで跳ね返した。飛んできたのは鉄板だ。畳《たたみ》一畳《じょう》ほどはありそうな鉄板だ。跳ね返した衝撃で直江の体も後ろに飛ばされた。鉄板はぶんぶんと唸《うね》りをあげて飛んでくる。

「おのれ、こざかしい……！」

「ここは俺が守る！　おまえはあいつらを……！」

直江が念動力で飛んでくる物体を次々と跳ね返し、撃ち落としていく。その隙をついて高坂が男たちに攻撃を仕掛けた。攻守両方の念を同時には振るえない男たちは、高坂の念攻撃をまともにくらった。もんどり打って倒れた。確保しようとする高坂から擦《す》り抜けるように、憑依霊の一体が肉体から離脱してしまった。

「逃がすな、直江！」

「わかってる！　……〝𑖪𑖹《バイ》〟！」

憑依霊は宙に浮いた状態で、固着してしまう。直江は素早く印を結び、

「のうまくさまんだ　ぼだなん　ばいしらまんだや　そわか！　……南無刀八毘沙門天《なむとばつびしゃもんてん》！　悪《あっ》鬼征伐《きせいばつ》、我に御力《おんちから》与えたまえ！」

結んだ印から光の玉が一気に膨《ふく》らみ始める。憑依霊は抵抗したが、直江は容赦《ようしゃ》なく力を開放した。

「《調伏》！」

炸裂《さくれつ》した光が資材置き場に広がった。憑依霊は圧倒的な光圧に呑みこまれ、溶けるようにその姿を失い、光とともに消えてしまった。始末を終えた時には、高坂はもうひとりの男のもと

に座り込んでいる。こちらの憑依霊は肉体に留まっている。ぐったりしている男の胸ぐらを摑み上げた。

「なぜ我らを襲った。誰の差し金だ」

男は答えない。沈黙を続けている。直江も高坂の後ろに立った。

「俺たちを消して青木を守ろうとしたのか。誰に指示された」

「……………」

「言えないなら、言いたくなるようにしてやろうか」

直江の目が凶暴な光を帯び、左手に懲縛鞭《ちょうばくべん》を生み出そうとした。そのときだ。何の前触れもなくその男の体が青い炎に包まれた。苦悶《くもん》の悲鳴が迸《ほとばし》ったかと思うと、憑依霊が肉体から抜けだし、炎の中で暴れまくっていたが、みるみるうちに燃え尽くされて消滅してしまった。

直江と高坂はすぐに辺りを振り返った。

だが、ふたりの他に人影はない。

（──……消された）

憑坐《よりまし》の肉体は無事だ。霊だけが消された。何者かに。

「口封じだな……」

「ああ。狙いは俺だ。俺が青木についた霊を《調伏》しようとしたせいだろう」

なにかわからなかったか、と直江は問いかけた。高坂は落ちていた運転手帽を拾い上げると、おもむろにかぶった。

「先程の観測、あながち間違いではないかもしれないぞ」

直江は目を剝《む》いた。

「六王教が関わっているという、あれか」

「おまえがいま《調伏》した霊……武者霊だった。鎧《よろい》を着ていた。先日、靖国《やすくに》に現れたのと同じ連中だ」

「なに」

「タクシー代はいらんよ。目的地まで送り届けられなかったからな。都電にでも乗っていけ」

言い残すと、高坂は散乱した資材をよけてタクシーのほうへと戻っていった。そのタクシーも鉄板がぶつかって、フロントガラスが派手に割れている。ボンネットの上の鉄板をどけて、乗り込むと、走り去っていった。

直江は、気絶している憑坐を振り返り、険《けわ》しい目つきになった。

建築中の鉄骨組みから差し込んだ夕陽《ゆうひ》が、水たまりに反射して、赤く輝いている。

*

レガーロに新しい歌姫が現れてから数日が経過していた。

この日、坂口に連れられて再び美奈子《みなこ》がやってきていた。まだ開店して間もない時間なので、席はちらほらと空《あ》いている。坂口はいつものようにジンジャエールをふたり分頼んだ。

「……今日はマリーさん大丈夫かな。昨日は体調を崩してお休みだったんですよ」

とうとう店を休んでしまったマリーだ。そのかわりに遥香が全てのショーに立った。

今も目の前で歌っている。澄《す》んだクリスタルヴォイスが美しく、心洗われるようだ。美奈子も聞き惚《ほ》れていた。

「きれいなソプラノ……。まさに天使の歌声ね。翼《つばさ》が生えているみたい」

「まあ、可愛《かわい》いし巧《うま》いけど、マリーさんみたいな色気がないよね。ずっと聴いてると疲れてきちゃう。ああいう初々しい感じの子が好みな人はいいけどね、若けりゃいいってもんじゃないし」

「ふふ。坂口さんは年上の女性が好きなのよね」

「ちがいます。マリーさんが好きなだけです」

その美奈子の目線は、相変わらず、ステージよりもカウンターに注がれてしまう。目線が加瀬を追っている。もちろん坂口に気づかれないように、盗み見てはいるのだが、気を抜くとぼーっと見つめてしまう。

（どうしよう。今日は声かけられるかしら）

あれからすでに三回目だが、まだ一度も声をかけられない。

最初からカウンター席に座れば注文の時にでも言葉を交わせるのだが、坂口はステージ前のテーブルに張りつくし、ひとりで来る度胸もない。おくての美奈子には難儀《なんぎ》なことだった。

「しかし、今日も笠原《かさはら》先輩は来ませんね。どうしたんだろ。バイトでもしてるのかな」

大学は休みのはずだから、毎日でも来そうなものだが……。

「そうね。おうちの病院が開業前で忙しいのかしら。笠原さん」

異変が起きたのはそのときだった。それまで軽やかに奏《かな》でられていたピアノの音が、不意に途切れ、遥香の歌だけが取り残されたように響いた。違和感を覚えて、美奈子と坂口が振り返ると、ステージのピアニストが胸を押さえてうずくまっている。

ずりおちるように、床に倒れた。悲鳴があがった。

「大変……！」

「スーさん！　スーさんが倒れた！」

店内が騒然となった。倒れたのはバンドマスターのスーさんだ。すぐに従業員とともに加瀬と執行も駆け寄ってきた。スーさんは胸を押さえて苦しがっている。

「おい救急車だ！　急いで！」

突然の出来事に、遥香は呆然《ぼうぜん》と立ち尽くしている。美奈子と坂口もどうしていいのかわからず、遠巻きに応急処置を見ていることしかできない。そこに楽屋からマリーが飛んできた。まだメイクすらしていない。泣きべそ顔でスーさんにすがりついた。

「スーさん、しっかりして！　しっかりしてよ！」

駆けつけた救急車にスーさんは運ばれていった。つき添いには執行が同乗した。

「続けられるだけ、続けろ。なんでもいいから続けろ。いいな」

そうは言うが、ショーはもちろん中断だ。暗然とした空気が店内に漂《ただよ》った。これで四人目だ。バンドメンバー七名のうち四人が怪我《けが》か病気で倒れてしまうとは。

メンバーは皆、青ざめている。ショックが大きくて声もない。

演奏をするような気分では、とてもなくなっていた。

「もういやだ……。この店は呪《のろ》われてるよ」

言いだしたのは、トランペットの渋谷《しぶや》だった。

「このままじゃ俺まで呪われちまう……。こんな店、やめる。もうやめてやる」

「ちょっと渋谷さん！」

言うなり、渋谷は楽屋に戻っていってしまった。つられるように、サックスとビブラフォンもステージから降りていってしまう。

「バンマスがいないんじゃ、もう……」

「俺も呪われるのはごめんだ。悪いけど……」

「そんな……！　駄目《だめ》よ！　みんな戻ってきて！　お願い！」

マリーの悲痛な声は虚《むな》しくフロアに響くだけだった。従業員たちも呆然としている。バンドは完全に空中分解だ。これでは続けるに続けられない。加瀬も沈痛な表情だ。重い雰囲気《ふんいき》を察して、来たばかりなのにもう帰ろうとしている客までいる始末だ。

「続けないんですか?」

声をかけてきたのは、遥香だった。マリーは苛立ったように怒鳴り返した。

「これが見えないの? 続けたくてもバンドがいないのよ!」

「白木《しらき》さんたちがいるじゃないですか」

「あのひとたちは本当のメンバーじゃない。それにピアノがいなくなったら、もう……!」

遠巻きに見守る従業員の後ろから「あの」と声をかけてきた者がいる。

皆が声の主《ぬし》を振り返った。そこにいたのは、美奈子だった。

「私、ピアノ弾《ひ》けます……。クラシックなのでジャズの弾き方とは違うと言われてしまうかもしれないけど、譜面を見れば弾けるくらいの技量はあります」

マリーは景虎と顔を見合わせた。

最近、坂口に連れられて一緒に来ている娘だというのは、なんとなく覚えていた。でも、まさかピアニストだとは思わなかった。

「本当に弾けるの?」

「やってみないとわからないのですが、スーさんのピアノは何度か聴いてタッチも覚えているので、多少は真似できるかと。聴き苦しい点はあるかもしれませんが、ないよりは……」

　執行もバンマスもいないこの場で、決定権があるのは唯一、支配人だけだ。景虎が支配人に言った。

「確かに彼女の言うとおり。伴奏《ばんそう》がないよりはいいはずだ。これ以上悪い状況はないんだから、駄目でもともとと思って一度やらせてみてはどうでしょう」

「まあ……そうだね」

「マリー。スコアはあるか」

「楽屋に。全部揃《そろ》ってるわけじゃないけど……」

「あの。曲によっては耳で覚えてるものもあります。なんとかやってみます」

　従業員たちも半信半疑だ。なら、とばかりにマリーが楽屋から楽譜を持ってきてステージにあがった。

「エディット・ピアフの『愛の讃歌《さんか》』……いける？」

「はい。やってみます」

　初めて見た楽譜で、美奈子は前奏を見事に弾き始めた。とても初見とは思えない、迷いのない運指《うんし》だ。クラシックピアノならではの優美なタッチに、マリーも皆も「いける」と確信を得たのだろう。たちまち目が輝いた。その隅で、遥香が心を奪われたように立ち尽くしている。美奈子のピアノに、というよりも、曲そのものに打たれている……そんな様子なのだ。

　前奏に続き、マリーがおもむろにマイクを持ち、歌い始めようとした。その時だ。何を思ったか突然、遥香がマリーを押しのけるようにしてマイクの前へと進んだ。そして——。

悠然と腕を差し伸べて、歌い始めた。

誰もが息を呑んだ。

美奈子のピアノに合わせて、遥香がシャンソンの名曲を朗々《ろうろう》と歌っている。

「すごい……」

坂口は瞬《まばた》きも忘れてステージに見入っている。押しのけられたマリーも圧倒されている。今まで遥香が歌ってきたどの曲とも違う。景虎もすっかり引き込まれていた。妖精どころか女神のような歌声だ。

執行が病院から戻ってきたのは、それから数時間後のことだった。続けろ！　と言い残したものの、内心、四人目の欠員を出したバンドの命運は尽きたと感じていたから、ドアを開けた途端、いつもと変わらぬ軽快な音楽が聞こえてきた時は、奇跡《きせき》でも起きたかと思ったくらいだ。

「これは……」

見知らぬ若い女性が、ピアノでセッションに参加している。

ステージには遥香がいるが、金管楽器《ホーン・セクション》も見覚えのない若者たちが担当している。バンドとしてはひとりの欠員もない。

「……どうなってんだ、こりゃ」

第五章　オルゴール人形

笠原《かさはら》家に景虎《かげとら》から呼び出しの電話が入ったのは、日曜の朝だった。

――今から出てこられるか？　最寄《もよ》りの駅で待っている。

用件も言わなかったので、直江《なおえ》は不審《ふしん》に思い、朝食もそこそこに駅へと駆けつけた。改札口の前に、いつものハンチング帽をかぶった景虎が待っていた。

「どうしたんですか。何か起きましたか」

いや、と景虎は言い、先に買っておいた切符《きっぷ》を渡した。

「ちょっとつき合え」

電車と都電を乗り継いで、景虎が向かった先は青山《あおやま》だ。途中で花を買った。供花《くげ》だった。それを見て直江は察したのだ。

（そうか。今日は……）

行き先は青山共同墓地《ぼち》だった。ひときわ大きな桜の木のそばに「山口家《やまぐち》」と彫《ほ》られた墓石がある。花を供《そな》え、柄杓《ひしやく》で墓石に水をかけ、いつもは煙草《たばこ》に使うマッチで線香《せんこう》に火を点《つ》けた。線香の煙が風にのって流れてくる。直江は景虎の少し後ろから、手を合わせた。

「今日が命日でしたね。私の」

織田《おだ》との戦いで命を落とした直江の前の宿体《しゅくたい》が、ここで眠っている。景虎は忘れていなかったのだ。四年前だった。織田の策略《さくりゃく》にはまって毒ガスを吸い、死亡した。

「おまえだけじゃない。尚紀《なおき》の命日でもある」

景虎は振り返って直江を見た。厳しい目つきだ。直江は目をそらして苦笑いした。

「何が言いたいんです。また私を責めるんですか。尚紀から体を奪《うば》ったことを」

「…………。そんなんじゃない」

景虎の言葉の調子がいつになくしおらしいので、意外に思った。景虎は立ち上がって、墓石を見下ろした。

「おまえは謙信公《けんしん》から他人を換生《かんしょう》させる特別な力を授《さず》けられている。オレにはその力はない。おまえが換生を選ばなかったら、それまでだ」

「私はあなたが生きている限り換生を続けると誓いました。たとえ肉体泥棒《どろぼう》の罪を負っても」

「泥棒なんていいもんじゃない。強盗殺人だな」

「…………。私に罪を悔《く》いさせるために、わざわざここへ連れてきたんですか」

警戒《けいかい》している直江を見上げて、景虎は淋《さび》しそうに目を伏せた。冬枯れの桜は、裸《はだか》の枝をさらしている。その枝先を見上げた。太陽が輝いていた。

「噛《か》みしめるためだ」

墓を後にしたふたりの行く手から、人影が近づいてくるのが見えた。墓参の老夫婦だ。手には桶《おけ》と柄杓を持っている。

直江は息を止めた。それはかつての宿体の、両親だったからだ。

老いた母親は、ふたりを見つけて目を見開き、手にしていた供《そな》え物《もの》の箱を思わず落とした。中から、かつての直江が好物だった「ぼた餅《もち》」が落ちた。驚いているのは、直江と出くわしたからではなかった。その表情がみるみる憤怒《ふんぬ》に歪《ゆが》んでいく。

目線は景虎に注《そそ》がれている。

「あなた……っ。どの面《つら》下げて……っ」

景虎は神妙な表情になった。老いた母親は、夫の制止を振り切って駆け寄ってくると、景虎の胸ぐらを皺《しわ》だらけの手で摑《つか》んだ。

「利之《としゆき》を返して……！　あなたのせいで息子は死んだのよ！　あれほど墓参りにも来るなって言ったでしょ。あなたなんかと関わったせいよ。あなたが見殺しにしたのよ！　この人殺し！」

「よしなさい、瑞江《みずえ》！」

「私たちの息子を――利之を……利之を返してえええええ！」

泣き崩れる母親の姿を、直江は呆然《ぼうぜん》と見つめている。景虎は座り込んだ母親を支えるように手を添《そ》えたが、強く振り払われた。嗚咽《おえつ》が墓地に響《ひび》いた。景虎は苦しそうな顔をしている。

そのまま深々と土下座《どげざ》した。道がぬかるんでいるのも厭《いと》わず、膝《ひざ》をついて頭を下げた。

そんな景虎の姿を、山口の父親は複雑な表情で見つめている。顔を上げろ、とも言わないところを見れば、今も息子の死を納得してはいないのだとわかった。

かつての両親の悲嘆《ひたん》が、直江の胸に突き刺さる。たまらず罪悪感がこみあげてきた。

山口の父親は、妻を立ち上がらせると、ふたりを置いて墓へと向かっていった。

「……。両親は、もう行きました。さあ」

直江は景虎の腕を引いて立ち上がらせようとしたが、景虎は振り払って土下座を続けた。

その肩が震えている。直江は苦しげに眉《まゆ》を寄せて、瞑目《めいもく》した。

線香の煙が、冬の鈍《にぶ》い陽《ひ》を覆《おお》い隠す。

（そうか……）

直江はようやく景虎がここに来た意味を悟《さと》った。

（遺《のこ》してきた悲しみに対して、俺たちは共犯も同然なんだ）

自分が去った後も、遺した家族には同じ時間が流れている。自分が笠原家で和《なご》やかに過ごしている間も、山口の両親は悲しみという形見を抱いて、暮らしてきたのだ。

当事者でありながら、家族の悲しみに対して無力な自分が、直江にはやりきれなかった。もっとも「息子はここにいる」と告げたところで、信じてはもらえないだろう。

そんな不条理《ふじょうり》を全て背負って、景虎は頭を下げている。

「……………。もう、そのへんでいいんじゃないのか」

聞き覚えのある低い声に、景虎と直江は顔を上げた。道の先に別の人影がある。

セミロングのコートを羽織《はお》った、体格のいい銀縁眼鏡の男だ。花と桶を持っている。

「――色部《いろべ》さん……」

＊

墓地をあとにした三人は、渋谷《しぶや》に戻り、勝長《かつなが》の行きつけの小料理屋に腰を落ち着けた。

白黒テレビの前には客が大勢いた。テレビニュースは国鉄の労働争議について伝えている。

数日前から騒いでいて、駅で小競《こぜ》り合《あ》いも起きていた。

二階の座敷にあがり、精進落《しょうじんお》としの瓶《びん》ビールを、コップ一杯ずつ飲み干した。

「まさかおまえたちと鉢合《はちあ》わせるとは、あちらのご両親も思ってなかっただろうな……」

聞けば、勝長はその後も「山口の両親」とのつき合いを続けているという。直江の死に対して、景虎が一切言い訳をしなかったため、息子を失った怒りを彼に向けているのだと。

「無理もない。いまだ犯人は見つかっていないわけだからな……」

警察も捜査しているが、六王教《ろくおうきょう》の息がかかった官僚が圧力をかけているようで、進展はしていなかった。景虎自身も毒ガスの後遺症で肺《はい》を病《や》んでいる。いわば被害者なのだが、わかっていて、なお弁明しようとはしなかった。生き残った景虎が、山口の両親と険悪《けんあく》になっていたことを、直江は不覚にも全く知らなかった。

「いいんだ。山口さんたちも、怒りのぶつけどころが全くないよりは、いい」

今回は殴《なぐ》られなかっただけマシだ、と景虎はうそぶいている。この様子では、今までずいぶんきつい思いをしてきたのだろう。そんなことにも気づかず今日まで過ごしてきた自分を、直江は少なからず恥じた。

「景虎様……。私は……」

「よせ」

景虎は遮《さえぎ》ってビールを手酌《てじゃく》した。「おまえのためじゃねえよ」

「まあ、でもおまえたちと会えてよかった。ちょうど行こうとしてたところだ」

と勝長が大きな革バッグから書類を取りだした。復員者《ふくいんしゃ》名簿を複写したものだ。

「例の、ニューギニアの収容所から復員した兵の身元が載《の》っている。役に立てばいいが」

「ありがとうございます。手を煩《わずら》わせてすみません」

「なに。厚生省《こうせいしょう》には医療改善の要望書をちょくちょく出しに行ってる。庭みたいなもんさ」

景虎と直江はざっと目を通した。手に入ったものだけでも、千人分を超える。これをひとりひとり、検分するとなると、気が遠くなりそうだ。

「そうそう。例の『プウジャの呪《のろ》い』だが、ちょっと調べてみたが、どうやら死者の霊の力を借りる類《たぐい》の呪詛《じゅそ》のようだ」

「霊の力……。神仏ではなく？」

「ああ。そもそもニューギニアは島内で部族ごとに何百も言語があるくらいで、複雑な習俗《しゅうぞく》が入り乱れている土地なんだが、祖霊《それい》信仰が中心で、先祖の霊の力をまじないに用いるというのが珍しくないそうだ。たぶん、そのプウジャという神は、漂着神《ひょうちゃくしん》と祖霊神の合体したものなんじゃないか、というのが、海洋民俗学をやってる知人の見解だ」

「霊の……力か」

景虎も顎《あご》に手をかけて考え込んだ。レガーロのバンドマンたちの首に残る、六本指の痕《あと》。先日倒れたスーさんの首にも、同様のアザがあった。呪詛除《よ》けの護符《ごふ》は渡していたが、身につけていなかったようだ。無理もない。

「これを見てもらえますか」

直江が上着から取りだしたのは、卒塔婆《そとば》に似た赤い板だった。

「青木《あおき》の所持品の中にこれが。本人はしおりだと言ってましたが……」

先日、早枝子《さえこ》が落としたものを密《ひそ》かに一枚、拝借していたのだ。景虎と勝長はテーブルに置かれたそれに見入った。よく見れば、人間の体のようにも見える。

「人形……？　形代《かたしろ》のようにも見えるな」

「記号らしきものが書かれています。サンスクリット文字に似てるようにも」

見入っていた勝長が、一冊の本を取りだした。写真入りのそれは研究書のようだった。

「海洋民俗学者の友人が記した本を借りてきた。確かここに……」

白黒の写真が載っている。南洋島嶼部《とうしょぶ》の習俗を研究しているというその人は、呪術祭祀《じゅじゅつさいし》の道具とおぼしきものも蒐集《しゅうしゅう》していた。その一部が掲載《けいさい》されている。

「似てますね。これ……」

「ガダルカナルの祭祀具とあるが、ニューギニアの東隣だな。多部族だが文化圏的には遠くない。つまり、これは……」

「青木さんが呪者だということですか」

三人は黙り込んだ。しかし彼女は日本から一歩も外には出たことがない。南洋はおろか、大陸にも、台湾《たいわん》すら縁がない。

「いや、彼女の夫は確か復員兵だ。傷痍《しょうい》軍人だと言ってたから、おそらく激戦地帰りだろう。南洋だった可能性もある」

一口に南洋と言っても、インドネシアなどの「南方資源地帯」と、ニューギニア・ソロモンといった「島嶼部」では、全く戦況が違った。英仏との植民地の取り合いのような「南方資源地帯」での戦闘は比較的淡泊《たんぱく》だったのに対し、島嶼部はまさに最前線。日本軍の進軍に、強い危機感を抱いたオーストラリアは「国土防衛の生命線」と考え、激しい抵抗戦を繰り広げた。そこにマッカーサー率いる米軍が加わったのだ。激戦地だった。

進退窮《きわ》まってジャングルに逃げこんだ日本兵の中には、生死不明者も多かった。

三人は手分けして名簿をあたった。千数百人分の中から景虎が見つけた。

「あった。……〝青木征春《ゆきはる》〟。これじゃないか。住所は〝岐阜県大野郡白川村《おおのぐんしらかわむら》〟」

「白川村……！　それです！　青木さんは白川郷の出身だと言ってました」

「──しかし……」

景虎が言い淀《よど》んだのは、その名前の上に赤く削除線が引いてあったからだ。

「〝佐世保《させぼ》の引揚《ひきあげ》援護所にて〟……〝死亡〟」

三人は顔を見合わせた。

勝長の胸には苦い思い出がよみがえったのだろう。

「復員船には、傷病者《しょうびょうしゃ》も多く乗っていた。日本に辿《たど》り着く前に絶命して、水葬《すいそう》にふした者が何人もいる。中には、それまでどうにか命の糸を繋《つな》いでいた者が、本土の陸影が見えただけで、安堵《あんど》して息を引き取ることもあった。そういう男たちを何人も看取《みと》ったよ」

青木征春もまた、故国の土を踏んだところで命の火が尽きたひとりだったのだろう。

「じゃあ、いま彼女の家にいる〝夫〟は、いったい誰なんだ……」

答えがない。三人は沈黙してしまった。階下からテレビの音が聞こえてくる。やや して、口を開いたのは直江だった。

「……白川に行ってきます」

「なに」

「直接、青木さんの夫と会って、誰なのか、確かめてきます。おそらく名を伏せたその人物が呪詛と関わりあるはずです」

景虎もその意見には賛同《さんどう》だ。不自然な帰還の裏には、きっと何かあると直感した。

「いいだろう。すぐに出発しろ。それと気になることがある。青木に憑《つ》いてる霊のことだ。殻《から》に守られてると言ったな」

直江はうなずいた。外縛《げばく》を弾《はじ》いた。あれは何か人為的な力に守られているとしか思えない。

景虎が襲《おそ》われただけならレガーロの従業員だから、と思えるが、直江を襲ったのは明らかに憑依霊《ひょういれい》だったし、鎧《よろい》をまとっていた。青木に憑いている霊を、除霊されては困る者の仕業《しわざ》としか思えない。

「高坂《こうさか》は六王教が関わっているんじゃないかと……」

「菊水紋《きくすいもん》か……。南朝の霊は飛躍《ひやく》しすぎだと思うが、戦国時代の霊が動く裏には、織田の影があったことを思うと、可能性は捨てられないな。アオプロの後ろ盾《だて》とやらがどうも臭《にお》う。アオプロを探ってみる」

「レガーロのほうは大丈夫なんですか。スーさんまでやられたそうですが……」

「思わぬ助《すけ》っ人《と》が入った」

景虎はようやく表情を和《やわ》らげた。

「坂口《さかぐち》の奴《やつ》、なかなか役に立ってくれるじゃないか。あいつが連れてきてた女友達のツテで、代わりを集められた。アマチュアだが、腕はいい。当分しのげそうだ」

直江は驚いた。問題は、その助っ人たちまで狙《ねら》われないとも限らないことだ。その前に事件を落着《らくちゃく》させなければならない。猶予《ゆうよ》はない。三人は呪者《じゅしゃ》の割り出しに全力を注ぐことになった。

「ところで、晴家《はるいえ》は……？　店も休んでると聞いたが」

途端に景虎の表情が曇《くも》った。

「——……そのことだが」

＊

レガーロに頼もしい助っ人が現れた。美奈子《みなこ》の音楽学校の友人たちが、欠員したバンドの穴を埋めるべく、協力《きょうりょく》を申し出たのだ。美奈子自身はクラシック畑のピアニストだが、別の学科には金管《きんかん》楽器・弦《げん》楽器・打楽器の奏者《そうしゃ》がいて、普段からジャズをよく聴く者も多かった。

もちろん、毎日開店前から猛特訓《もうとっくん》だ。退院したベースの五反田《ごたんだ》がやってきて指導にあたった。

「うん。だいぶ様《さま》になってきたね」

五反田は松葉杖《まつばづえ》をつきながらスイングしている。

「音楽学校あがりで行儀《ぎょうぎ》がよすぎるのが難点だが、奴ら、基礎《きそ》はできてるからね。うんと鍛《きた》えりゃ聴けるよ」

「それでいいんだ。レガーロはもともと新人のためのステージなんだから」

隣には執行《しぎょう》がいた。手応《てごた》えを感じているのか、久しぶりに顔つきに自信が戻っている。

「おまえも結構やる気じゃないか。ナッツ」

傍《かたわ》らではナッツがスティックを握って、椅子《いす》とテーブルをドラムがわりに、彼らの演奏に合わせてリズムを取っている。全くの初心者だが、数日前からサムの病院にまで通って、直接習うほどの熱の入れようだ。

「ナッツは筋《すじ》がいいよ。執行さん。こいつほんの数日であっというまにリズムがとれるようになってきた」

すごい集中力だ。ステージのドラマーに合わせてスティックを休めることがない。

「喧嘩《けんか》が強い奴はドラムもうまいって相場なんだ。朽木《くちき》にも叩《たた》かせてりゃ、結構ものになったかもな」

「ああ……。そういや、ナッツの喧嘩は似てますね。朽木に」

「おはようございます」

そこへ加瀬《かせ》が出勤してきた。開店前から音楽が響き、久しぶりに活気がある。助っ人バンドの演奏を聴いて「なかなかじゃないですか」と執行に声をかけた。

「ああ、だいぶよくなってきた。特にあの子がいいね。美奈子ちゃん」

「ピアノですか」

「弾《ひ》き方はクラシックだが、センスがあるね。彼女が友人に声かけてくれたおかげだよ。それにバンドに女の子がいるってのも、華《はな》があっていい。それよりマリーはどうした」

「来てませんか」

体調を崩していると店には言うが、本当の理由は別にある。遥香《はるか》の歌を聴いて、自信喪失《そうしつ》してしまったマリーは、すっかり塞《ふさ》ぎ込んでいた。執行は顔を曇らせた。

「電話をかけても出やしない。マリーがいなきゃ、いくらバンドが揃《そろ》っても意味がないのに」

「遥香がいるから自分は出なくてもいい……って、言ってます」

「あの馬鹿《ばか》」

渋《しぶ》い表情でポケットに手を突っ込んだ。

「とにかくマリーが来なきゃ話にならん。加瀬。引きずってでも連れてこい」

「どこに行くんですか。社長」

「ちょっと行くところがある。今夜のステージまでには、必ず来させろよ」

言い残して、執行は店を出ていってしまった。五反田が肩を竦《すく》めた。「マリーちゃん、大丈夫かね……」と心配している。そうこうするうちに演奏が終わった。一旦《いったん》、休憩《きゅうけい》と相成った。ステージから助っ人たちが降りてきた。美奈子も降りてきた。

「すまないな。毎日」

加瀬からだしぬけに声をかけられて、美奈子は驚いて固まってしまった。

「い……いえ。お役に立てて嬉《うれ》しいです」

「坂口の友達だそうだが、あんな世間知らずとどこで知り合った？　それとも君も学生運動をやってたのか？」

「いえ、あの、私は」

龍女《りゅうじょ》事件で助けられた礼を、今こそ言おうとしたが、タイミング悪く、加瀬はフロア・マネージャーに呼ばれてしまった。「またあとで」と言い置いてバックヤードに消えてしまう。またしても言いそびれてしまい、美奈子は肩を落とした。が、安堵もしていた。口を利《き》くのは、これがほぼ初めてだったからだ。

「だめだわ……。まだまともに顔が見れない」

「誰の顔が見れないって？」

「きゃっ」

振り返ると坂口がいる。リハーサルにも顔を出すようになった彼は、陣中見舞いと称して、実家から送られてきた甲州《こうしゅう》ワインを箱ごと持ち込んできた。今やレガーロの応援団だ。

「美奈子さん、すごいじゃないですか。ステージに立つところ、笠原先輩に見てもらいたいなあ……」

「だめ！　笠原さんには言わないで。おねがい」

「なんで」

「ジャズはまだ下手《へた》くそなの。笠原さんにはとても聴かせられないわ」

「そうかなあ。マリーさんと一緒のステージに立つところ、見てほしいんだけどなあ」

そのマリーはまだ現れない。

看板歌姫が姿を見せないまま、今夜もショーは始まってしまうのだ。

*

執行が向かった先は、銀座《ぎんざ》八丁目にある喫茶店《きっさてん》だった。

クラシック音楽が流れる純喫茶だ。客の話し声もさざなみのように聞こえるばかりの、落ち着いた雰囲気《ふんいき》だ。これから会う相手は、いた。会う約束をしたわけではないが、いつもの席にいた。執行が姿を見せると、女は台本から目を上げて驚いた。青木早枝子だった。

「ブラジル」

とウェイトレスに注文して、執行は向かいの席に腰掛けた。早枝子は台本を閉じた。

「相変わらず珈琲《コーヒー》はブラジルなのね」

「これ以外は飲む気がしないんでね」

「何の用？　私、予定が入ってて、もう行かなきゃならないんだけど」

執行は真顔になって、しばらく早枝子の顔を覗《のぞ》き込むように見ていた。「なによ」と気味《きみ》が悪そうに早枝子は身を反《そ》らした。

「今日はどこの映画会社の役員とメシ喰《く》うんだ。それともレコード会社か？」

「あなたの知ったことじゃないわ」

「旦那《だんな》を田舎に置き去りにして、毎日のように高い酒呑んで……。いいご身分だな」

早枝子がきつく睨《にら》み返した。が、すぐに不遜《ふそん》げに鼻を鳴らした。

「あなたに何がわかるというの。戦地からぼろぼろになって帰ってきた夫の面倒みながら、娘を育ててきたのよ。気ままな独り者にはわからないでしょうね」

「そうまでして娘を成功させたいのか」

「ええ、そうよ。あんな息が詰《つ》まる村で、寝たきりでろくに話せもしない夫を抱えて、先祖の墓と田んぼだけを守って一生終わるなんて、ごめんだわ」

「旦那さん……、苦労したんだな」

「苦労したのはこっちよ！」

テーブルを叩いて、早枝子が声を荒《あら》げた。

「旦那が復員して少しは楽になれるかと思ったけど、大違いだったわ。爆弾で顔を潰《つぶ》されて、見るも無惨《むざん》な姿で帰ってきたのよ！　わかる？　あなたにわかる？　あんなふうになって帰ってくるくらいなら、死んでくれてたほうがはるかに……！」

「早枝子！」

鋭く叱責《しっせき》されて、早枝子は我に返った。そして発言を後悔したようにじっとうつむいて、唇《くちびる》を噛みしめている。重苦しい沈黙の時間が過ぎた。

やがてウェイトレスが珈琲を持ってきた。場を和らげるように穏やかな香りが漂《ただよ》った。執行はブラックのまま飲んだ。

「おまえがそんなふうになっちまったのは、俺のせいなのか」

「……。思い上がらないで。関係ないわ」

「俺があの時、おまえに……」

「やめて。どの道、あたしたちに選択肢《せんたくし》なんかなかったのよ。別の未来なんて……どこにも」

店にはよそよそしいクラシック音楽が流れている。ふたりは黙って聴いていた。冷えた珈琲を前にして、口を開いたのは、早枝子のほうだった。

「……モーツァルトね。あの日、あなたから『出征《しゅっせい》が決まった』と聞いた時も、流れていた」

「覚えてるよ。ピアノ協奏曲第二十番」

「忘れられない曲だわ」

「おまえは何も言わなかったな。黙り込んだまま、ふたりして、流れてる曲をただ聴いていた」

物哀《ものがな》しくも美しい旋律《せんりつ》が、その時の悲痛な気持ちを思い出させたのか。早枝子は振り払うように顔をあげた。

「いいお店だったわ。いつも何時間も語り合ったわね。音楽のこと、映画のこと、ファッションのこと……。あの店も、空襲《くうしゅう》で焼けてしまったわね」

早枝子は、窓の外を往き来する車と飾り立てた人々を眺めて言った。

「全て灰になったわ。私たちの思い出の場所は、すべて……」

「………。白木《しらき》たちは引《ひ》き揚《あ》げさせてくれ。明日からは、もうよこさないでいい」

早枝子は「なんですって」と目を瞠《みは》った。

「バンドはどうするの。まだ戻れる状態じゃないはずよ」

「代わりが見つかった。もうおまえんとこのバンドマンに頼る必要はなくなった。白木たちの出演は今日でおしまいだ。もちろん、遥香《はるか》も」

「代わりなんて、どこから連れてきたの。あなたに応じるバンドマンは、この東京には……いいえ日本中どこ探したっていないはずよ」

「言ったろ。うちは新人を育てる店なんだって」

「新人なんてどこから！」

「根回しありがとうよ。聞いたぞ。アオプロと大進興業《だいしんこうぎょう》から脅《おど》しがかかってるって」

早枝子が顔を強《こわ》ばらせた。馴染《なじ》みのバンドマンから事情を全て訊《き》きだした執行だ。レガーロの代演に応じた場合は、他の店での仕事を回さないよう、仕向ける。業界で干《ほ》されたくなければ、指示に従え、と言われていた。

「大進は……ありゃヤクザだ。無視したら、兵隊どもに何をされるかわかったもんじゃないからな。そりゃ大抵《たいてい》のバンドマンはびびるだろうよ。汚い手使いやがって」

「どうしても使わない気？」

「今後なにがあっても、おまえんとこから使う気はない。レガーロから手を引け。さもなくば、こちらにも考えがある」

執行は厳しい顔つきになって、上体を前に傾け、両膝《りょうひざ》に腕を置いて両手を組んだ。

「他の店と手を組んで、おまえんとこのバンドマンは一切使わないようにする。干されるのは、おまえのほうだ」

「ほほ。ばか言わないでよ。アオプロに喧嘩を売ろうっていうの？」

「俺を誰だと思ってる」

執行は目を据《す》わらせた。

「腐《くさ》っても『銀座の執行健作《けんさく》』だぞ。第一線から引いたとはいえ、一声かければ、業界の人間を動かすことくらい造作《ぞうさ》もない」

「強がらないでよ。代演を誰にも引き受けてもらえなかったくせに」

「そりゃ相手が個人だったからだ。わざとデカイとこには声かけなかった。業界から見りゃ、アオプロも所詮《しょせん》は新参《しんざん》だからな。その証拠に取り引き先をさんざん接待漬《づ》けにしなきゃ仕事もとれない。ちがうか」

早枝子は青ざめて、屈辱《くつじょく》に震えている。執行は余裕を見せて珈琲をすすった。

「俺が世話した連中も、今じゃみんな現場のトップだ。重役たちは戦友みたいなもんだからな。そいつらが結託《けったく》すりゃ、新参プロダクションをひとつやふたつ干すのなんて朝飯前なんだよ。昔から何度も使った手だ」

「何様だと思ってるの……」

早枝子は唇を震わせて言い返した。

「無駄《むだ》よ！　どっから代演を連れてこようと片《かた》っ端《ぱし》から呪い倒してやるわ。私には白川の山神がついてるのよ。逃がさないわ。誰ひとりとして！」

「白川の山神？　呪い倒すって……何言ってんだ。おまえ」

「ふふ。誰にも止められないわ。後悔するわよ」

不気味な言葉を残して、早枝子はバッグを手に取り、立ち上がった。

「あなたの望み通り、白木たちと遥香はレガーロから引き揚げさせるわ。今後どんな事態になっても、あなたのところにうちのタレントは貸さないから。そのつもりで。……ああ、そうそう」

早枝子は不敵な笑みを浮かべて振り返った。

「あなたのとこの看板歌姫マリー嬢ね。うちに所属することになったから」

執行は驚いて腰を浮かせた。

「なんだと……！　馬鹿な。マリーが自分から言ってきたのか」

「そう。自分から移籍させてくれって言ってきたの。あの子、レガーロのステージにはもう立ちたくないんですって。せいぜい、いいように飼い殺しさせてもらうわ」

「馬鹿を言うな！　おい！」

早枝子は目を細めて、赤い唇を吊《つ》り上げた。

「そのうち場末のスナックででも見かけるようになるかもね」

「おい、待て早枝子！」

早枝子は迎えに来たどこぞの男たちに守られるようにして、黒い外車に乗り込んでいった。

執行は立ち尽くすばかりだ。

「……マリー……」

＊

一方、レガーロでは一本目のショーが終わったところだった。

マリーが現れなかったので、代わりに遥香がステージに立った。スーさんの代わりに美奈子がピアノを弾いている。アマチュアが混ざっているとは思えないほど、ショーの出来は良かった。評論家の野中《のなか》も目を留めていた。

「あのピアノ、誰だい？　見ない顔だけど」

その野中は、音楽雑誌で遥香を取り上げるほど気に入った模様だ。希有《けう》なクリスタルヴォイスと年齢の割にどこかクールな振る舞いは、今までになかったタイプとして業界人の耳目《じもく》を集めている。野中はマリーと遥香の人気投票をしようなどと編集部に持ちかけて、得意になっていた。

カウンターには元《げん》さんが復帰したので、景虎はホール係に戻っている。野中に問われて「新人ですよ」と答えた。

「スーさんが帰るまでの代わりです」

「ふうん。なかなかの美人《シャン》だね」

業界人にはうろんな人物も多い。素人《しろうと》の美奈子たちによからぬことを持ちかける者が出てくるのではないかと、景虎は他人事ながら気にかかっていた。まあ、執行がついているし、送り迎えもきっちり車でしているので、ガードは万全ではあるが。

「畑違いのお嬢さんだから、野中さんみたいな野蛮人《やばんじん》は相手になんかされませんよ」

「きついねえ。加瀬ちゃん。……それより、あれはなんなの？」

テーブル席の後ろに、明らかに客とは違う人間がいる。カメラマンだ。先日、直江を撮った宮路良《みやじりよう》だった。ステージに立つ遥香を撮りに来たという。

「営業中はやめてくれって言ったんですけどね。リハーサルじゃ駄目《だめ》だ、本番中の生っぽさが欲しいんだって聞かなくて。ショーの邪魔《じゃま》はしない、他のメンバーは撮らないって約束で」

望遠レンズで遥香を狙《ねら》っている。仕事を終えると、カウンターにやってきて酒を頼んだ。

景虎を呼び止めて、声をかけた。

「なかなかいい店だね。ここ」

「どうも」

「店員は愛想《あいそ》が悪いが、女の子は可愛《かわい》いよ。社長、いい趣味してるね」

景虎はムッとした。「そういう店じゃないですから」

宮路はにやにやと笑いながら、バーボンをあおった。

「あの子の歌、初めて聴いたけど、危ないね」

「危ない？」

「中毒性がある。ひとを洗脳する声だな。メッセージが入ってきやすい。中毒になる奴がいる一方で、長く聴いてると疲れる奴もいるだろう？」

奇妙な物言いをする宮路へ、景虎は露骨《ろこつ》に懐疑的な目を向けた。

「ひとからコントロールされるのに抵抗するから疲れるんだ。ああいうの、電波に乗せると面白《おもしろ》いんじゃないかな。ＣＭソングなんか歌わせると、商品馬鹿売れするよ」

「どういう意味だ。それは」

「さあね……。それよりもうひとりの歌姫とやらは、今日は来ないのかい」

マリーはアパートにもいなかった。探したが、居所が掴めない。景虎も気にかけていた。

ショーが終わって演奏者たちは休憩のためステージを降りていった。代わりに場つなぎのレコードが流れ始めた。

楽屋には、遥香が戻ってきた。天井《てんじょう》を電車が激走していく。振動で、化粧台に置かれた陶器《とうき》製のオルゴール人形が、ぽろん、と一音だけ、鉄琴《てっきん》めいた音を鳴らした。「失礼します」とウェイターが入ってきた。ナッツだ。休憩用に用意したスカッシュを差し出すと、遥香はにこりともせず、受け取った。

「ありがとう」

「相変わらず、きれいな声だなあ。でも、ちっとも楽しそうじゃないや。どうして？」

遥香はもともとあまり表情が豊かなほうではない。透《す》き通る肌がセルロイド人形のようなので、ファンからは「ドールガール」などとあだ名をつけられている。

「確かにお人形さんみたいにきれいだけど、笑っても目が笑ってないよね。歌うの嫌なの？」

「そんなことない」

「なら、なんで。あんたの歌はなんていうか、メトロノームに似てる。じゃなかったらオルゴール。そんな感じだな」

遥香は、鏡の前のオルゴール人形を見て、長い睫毛《まつげ》の目を伏せた。

「……私は、オルゴールだから」

「え？」

ナッツはきょとんとした。遥香はオルゴール人形を手にとって、ねじを巻き、おもむろに鳴らし始める。金属音でできた、水滴のようなメロディがこぼれはじめた。

「これ、お母さんにもらったの。お母さんが昔、歌を歌ってた頃に大切な人からプレゼントしてもらった人形なの。これを私にって。この人形のようになりなさいって」

舶来《はくらい》製とおぼしき陶器人形は、真っ白なフリルのドレスを纏《まと》い、頭に赤いリボン、赤いハイヒールを履《は》いている。指には小鳥、笑顔で一緒に歌っている。曲は『虹《にじ》の彼方《かなた》に』だ。

「オルゴールのようになりなさいって意味だったんだわ。ねじを巻かれるたび、いつでも同じように歌う……」

「そうかな。俺には、この女の子みたいに楽しんで歌いなさいって意味に聞こえるけど」

遥香は驚いたように目を見開いて、振り返った。ナッツはしゃがみこんで、人形と目線をあわせた。

「マリーさんと比べちゃ悪いけど、あの人は楽しそうに歌うよ。心から歌うよ。この人形の子みたいに。おふくろを思い出す。歌に寄り添われてるみたいな気分になるんだ」

「私は、ふるさとを思い出すわ」

遥香は淋しそうに俯《うつむ》いた。

「生まれ育った山や田んぼや星空を思い出す。白川のうちが懐かしい。あの人はいいわね。きっと自由なのね。誰かの期待なんて背負わず、何も背負わず、心のままに歌えるから」

ステージに立っている時とは違って、今の遥香はとても小さく見える。ナッツは複雑そうな顔をすると、おもむろに、そばにあったスプーンを手にとり、テーブルといわずグラスといわず、ところかまわず打ち鳴らし始めた。遥香は驚いた。習いたてのドラムのリズムだった。ナッツのリズムを得て、オルゴールから流れるバラードが、いつしか軽快なジャズになっていた。

「……なあ。もうちょっとしたら、俺も叩けるようになるからさ。そしたら俺のドラムで歌ってみねえか？」

「あなたのドラムで？」

「歌ってるうちに楽しくなって、ひとの期待なんかどうでもよくなるような。そんなドラム叩いてやっからさ」

ナッツは遥香を見た。遥香も見つめ返した。ガラス玉のような大きな瞳《ひとみ》に、互いの姿が映っていた。オルゴールがゆっくり止まった。

「私を自由にしてくれるの？」

「してやるんじゃない。自由になるんだ」

「いいわ。そんなドラムが叩けるようになったら」

「なんだ。ちゃんと喋《しゃべ》れるんだな。あんた」

「人形じゃないもの」

束の間、ふたりは微笑《ほほえ》みあった。休憩時間が終わり、フロアから甘いピアノの音色《ねいろ》が聞こえてきた。

最後のショーが始まろうとしていた。

＊

翌日――。

銀座の街は、昼食を食べに出てきたサラリーマンたちで賑わっていた。大通りから一本入ったところの細い路地には、小さな定食屋もあって、この時間は大忙しだ。油で真っ黒になった換気扇《かんきせん》がバタバタとまわっている。定食屋ののれんをくぐった景虎は、奥のテーブルでカツ丼《どん》を勢いよくかきこんでいる男を見つけて、向かいの椅子に腰掛けた。

「加瀬じゃないか」

「よう。相変わらず、昼はカツ丼なんだな」

「おう。こいつでなきゃ、午後の仕事に力が入らねえ」

「昼飯にも信念があるんだな。――カツ丼ひとつ」

そこにいた男、岐阜日報《ぎふにっぽう》の滝田晋作《たきたしんさく》だった。顔なじみの記者で、元陸軍の情報部にいた男だ。

情報通で知られていて、何かと景虎たちに協力をしてくれる、頼もしい存在だ。滝田はカツをひときれかじると、ごはんをかきこんだ。

「今度はどんな厄介《やっかい》事を調べてるんだ」

「なんでわかった」

「おまえが俺のとこに顔見せるのは、大体そういう時だろ。こないだもそうだった」

滝田はお見通しだ。景虎は苦笑いして、テーブルに肘《ひじ》をついた。

「ある芸能事務所を調べてる。法務局に行って登記簿《とうきぼ》を閲覧《えつらん》してきた」

「芸能事務所だあ？　あいにく俺は社会部の記者なんでね。文化部の奴を紹介してやるから、そっちを当たってくれ」

「青木プロダクションっていうんだ」

ぴく、と滝田が箸《はし》を止めて、目をあげた。景虎はハンチング帽のつば越しに、滝田を見、

「大進興業の後ろ盾がある。出資者の中には、大進興業の社長と、もうひとり。枝島喜一《えだじまきいち》という名前があった。大進興業はともかく、枝島という男の身元がいくら調べてもわからない。大進とつながりがある人物と見ているんだが……」

「また、厄介なところに首つっこみやがって……」

滝田は食欲が失せたというように、箸を置いてしまった。

「大進は昔からこの界隈《かいわい》を仕切ってる暴力団だ。闇市《やみいち》の場所代でさんざん稼いで、今もこのあ

たりのカオだ」

「ああ、それは知ってる」

「その大進にも上があって、今はそいつらのパシリに成り下がってるそうだ。なんでも、少し前に、ひと揉《も》めふた揉めあって、組長がタマとられて、組ごと乗っ取られたって話だ」

「穏やかじゃないな。暴力団同士の抗争《こうそう》か」

「いや。もっとタチが悪い。枝島っていうのは、蘇州《そしゅう》産業の元代表。愛工疑獄《あいこうぎごく》事件のキーパーソンと言われてる」

「愛工疑獄……『復興金融公庫』から有利な融資《ゆうし》を受けようとして、政治家や高級官僚《かんりょう》に賄賂《わいろ》を贈りまくったっていう、アレか？　並みいる政治家がこぞって検挙されたが、ほとんど無罪になったとかって」

「ああ。ただそいつで総理大臣が退陣まで追い込まれかけて、政界の力関係がぐらっと揺らいだ。そいつを仕掛けた黒幕のひとりが蘇州産業の枝島だった。蘇州産業は高田《たかだ》機関の表のカオのひとつだ」

「高田機関……」

景虎の表情が暗く険《けわ》しくなった。

「旧軍関係者か。陸軍で物資調達をして阿片《あへん》で儲《もう》けた」

「高田機関には大物与党議員も出入りしてる。政敵を追い落とすために、例の疑獄事件を仕掛けたってもっぱらの噂《うわさ》だ。その枝島が出資する芸能事務所とは、おだやかじゃないな」

「まさか蘇州産業というのは」

「お察しの通り、親会社がある。阿津《あつ》田《だ》商事だよ」

景虎はますます目つきを鋭くした。

横から定食屋のおかみさんが「はい。お待ち」と揚げたてのカツ丼を差し出した。

「まあ、喰えよ。ここのカツはあつあつで喰うのが一番だ」

とてもどんぶりメシを食べる気分ではなくなっていたが、溜息《ためいき》をつくと、景虎は箸を割った。

「なるほど。六王教か」

阿津田商事は、六王教なる宗教団体の当主・阿藤忍守《あとうおしもり》が大株主を務める会社だ。

「次から次へと、まあ、おまえもよくよく連中に縁があるんだな」

「腐れ縁ってやつだな」

半分やけになって、景虎は勢いよくカツ丼をかきこみ始めた。揚げたてのカツを仇《かたき》のように喰らっていく。茶を飲み干した滝田は、急に心配になってきたのか、顔を覗き込んできた。

「今度は何が起きた。やばいことになってるなら、力を貸すぞ」

「よせよ。本気でもないくせに。おまえには可愛い女房と子供がいるんだろ」

「そりゃ、首を突っ込みたくはないが……。おまえは友達だ」

ふと景虎は箸をとめた。

「山口が死んだ時も、ひどい荒れようだったじゃないか。あんなおまえは、もう見たくないんだ」

「………。気持ちだけ受け取っておくよ」

どんぶりを平らげて「ごっそさん」と財布《さいふ》を出した。

「いくらだ。奢《おご》る」

「いらねえよ。その分で、山口の墓に花でも供えておいてくれ。こないだ命日だったろ」

「花よりビールの一杯でも奢られたほうが喜ぶだろうよ」

え？　と滝田が目を丸くした。景虎は立ち上がった。滝田がもう一度呼び止めた。

「そうそう。こないだ佐野《さの》って刑事が、おまえのことを聞きに来たぜ。嗅《か》ぎ回ってるみたいだ。何か身に覚えはあるか」

「佐野？　朽木が騒ぎを起こした時に担当した刑事だ。でもなんで俺を？」

「さあな。まあ、何があるともわからんから、しばらくおとなしくしてるんだな」

景虎は「ありがとう」と軽く手をあげて、店を後にした。

路地を出て、大通りに向けて歩き出す。表情は自然と険しくなった。

（阿津田商事――）

その専務取締役ハンドウの正体は、森蘭丸《もりらんまる》だった。

（織田か）

アオプロのバックには織田がいる。そのアオプロはレガーロを狙っている。青木早枝子に取り憑いた霊……。とても偶然だとは思えない。織田が介在《かいざい》しているのならば説明もつく。だが、何のために。

（朽木……。おまえなのか）

和光《わこう》の時計台が一時の鐘《かね》を鳴らすのが聞こえた。それがまるで闘いのゴングのように聞こえて、景虎は厳しい目つきで時計台を見上げた。

車のクラクションが、渓谷《けいこく》のようなビルの谷間に鳴り響いた。

＊

南方《みなかた》遥香とアオプロ所属のバンドマンたちの代演は終了した。

その穴を埋めたのが、美奈子の紹介したアマチュア演奏家たちだった。

もちろん、全員が全員、美奈子の知人ではない。友人の友人、そのまた友人、という感じで口伝《くちづ》てに「代演募集」の話が広がっていって、いつのまにか「我こそは」と明日を夢見るアマチュア演奏家が自《みずか》ら申し出てきて、嬉《うれ》しい悲鳴だ。オーディションをしなければならないほどだった。新人発掘がレガーロの本分《ほんぶん》だから、間口が広がるのは願ったり叶《かな》ったりだが——。

だが、執行は笑ってはいなかった。

「……マリーが移籍って……っ。それ本当ですか」

執行に打ち明けられて、景虎は絶句した。

「残念ながら、本当だ。代演を断って、一番大事なところを持っていかれた」

「でもそんな話は一言も……っ」

「マリーは」

「昨日も帰ってません。友人のところにいるって大家に伝言があったそうですけど」

その友人が誰なのかもわからない。所在不明状態が続いていた。

「どう考えても俺の失態だ。早枝子のことで感傷《かんしょう》的になってた。マリーをフォローしきれていなかった」

「そこまで思い詰めてたなんて……。マリーを捜します。捜し出して移籍を取り消すよう説得します」

「いや。すでに早枝子の手の内にあるのかもしれない。ともかくマリーに会わないと」

そこにナッツがやってきた。呆然としている。

「……社長。遥香、もうレガーロには来ないって本当ですか」

「ナッツ……」

「昨日で最後って本当ですか。呼び戻しましょうよ！　約束したんですよ！　俺のドラムで歌うって……っ。なんでやめさせちゃうんですか。なんでですか！」

執行の胸を摑んで訴える。これぱかりはどうしようもない。レガーロをアオプロから守るためだ。そう説明されても、ナッツは納得しなかった。喜怒哀楽をあまり見せないナッツが、初めて声を震わせて必死に訴えてくる。

「他で歌わせたら、遥香はあの母親から自由になれないんですよ。レガーロでないと駄目なんですよ。呼び戻してくださいよ。ねえ、社長」

「社長！」

さらにバックヤードから支配人が血相《けっそう》を変えて飛び込んできた。

「大変です！　郵便受けにこんなものが……！」

支配人の手には一通の封書が握られている。ただならぬ様子を見て、執行はすぐに中身を見た。便せんに、新聞の活字《かつじ》が一字ずつ切り抜いて貼られている。文章が目に飛び込んできた途端、執行は絶句した。

「……なんだ……こりゃ……」

〝れガーろのオーナー　執行健作ハ
ただちに　店を　大進興業の支配人に引き渡すこと
明日の夜八時五分までに　応じなければ
店を客ゴト爆破する〟

第六章　名を失った男

白山《はくさん》の懐《ふところ》に抱《いだ》かれた奥飛騨《おくひだ》の里は、雪に埋もれていた。

夜行列車と車を乗り継ぐこと、丸二日。直江《なおえ》はやっとの思いで目的の地に辿《たど》り着いた。合《がっ》掌造《しょうづく》りの三角屋根は雪化粧している。どの家も雪に埋もれて、肩を縮めているように見える。地元のタクシー運転手によれば、これでも雪は少ないほうだという。革靴《かわぐつ》で来てしまった直江に、親切にも、長靴を貸してくれた。

小雪が舞っていた。

青木《あおき》家は、集落に散在する合掌造りの中でも、ひときわ大きい。

有数の豪雪《ごうせつ》地帯である。雪の重みで潰《つぶ》れないよう、傾斜のある屋根になった。

雪かきをしている人に道を聞き、凍《こお》って硬くなった雪を踏みしめて、直江はその家に向かった。よけた雪が壁になっている。庇《ひさし》の下で靴の雪を落とした。

「ごめんください」

玄関の引き戸を開けると、土間《どま》には昔ながらのかまどがある。だが今は使っていないようで、蓋《ふた》が閉められたまま、火の気もない。そのかわりに立派な冷蔵庫と炊飯器《すいはんき》がある。

　家の中は、しん、としている。直江はもう一度、奥へと声をかけた。すると、風呂場とおぼしきあたりから返事があって、割烹着《かっぽうぎ》姿の若い女性が、手拭《てぬぐ》いで手を拭《ふ》きながら、慌《あわ》ただしく現れた。

「はい。何か」

「こちら青木さんのおうちで間違いなかったでしょうか」

「はい。どちらさまで」

「僕は、東京から来ました、早枝子《さえこ》さんの知人の者で、笠原《かさはら》といいます」

　直江はマフラーを外した。

「征春《ゆきはる》さんにお会いしたいのですが」

「いけません！　旦那《だんな》様はどなたともお会いしません！　お話もできません。よそのひとを上げるのは許されておりません！」

　制止する青木の姪《めい》を振りきって、直江は強引に家へ上がった。部屋の板戸を次々と開けて、どこにもいないとわかると、階段を上がって二階にまでやってきた。

　二階三階は、普通は、養蚕《ようさん》のための場所だ。しかし青木家のそこには畳《たたみ》が敷いてあった。立派な座敷だった。まるで隠し部屋だ。その真ん中で、布団《ふとん》に横たわる者がいる。

直江は息を呑《の》んだ。顔には目だし帽のようなものをかぶっている。直江に気がつくと、どんよりとした目だけをこちらに向けてきた。

「………。青木……征春さん、ですか？」

直江が問いかけると「征春」はしばし動物のように、じっと見ていたが、やがて姪を下がらせた。直江は枕元に近づいた。まるで人目を避けるように、二階に横たわっていた男。

「君は、誰だ」

男が問いかけた。声はひどくしゃがれているが、口調はしっかりしていた。

「東京で医大生をしている、笠原と言います。あなたと青木早枝子さんのことで、訊《たず》ねたいことがあって来ました」

わざわざ東京からやってきたと聞き、「征春」は驚いた。だが、彼のような者がいずれ来ることを予想できていたのか。「征春」は詳しい経緯《けいい》も聞かず、早枝子との関係も問わず、質問に応じた。

「訊ねたいことというのは、なんだね」

「あなたは、誰ですか」

直江は枕元に膝《ひざ》をつき、その男に問いかけた。

「〝青木征春〟という人物は、復員船《ふくいんせん》でニューギニアから帰ってきた直後に佐世保《させぼ》で死亡している、と復員者名簿にはありました。本当の〝青木征春〟が死亡したなら、ここにいるあなたは誰ですか。一体何者なんですか」

「征春」は答えず、目を瞑《つむ》り、禅僧《ぜんそう》のように身じろぎもしなくなった。

じっと何かを数えているようでもあった。迷っているようには見えなかった。覚悟を決めて観念したような、ようやくそう問われたことに安堵《あんど》しているような、不思議な空白だった。溶けた雪が滴《しずく》となって庇に落ちる音がしていた。直江は辛抱強く、答えを待った。「征春」はようやく目を開いた。まるで何かから解き放たれたように、明晰《めいせき》な眼差《まなざ》しになっていた。

「………。私の名は〝庄司《しょうじ》〟。〝庄司龍三《りゅうぞう》〟です。彼がいた歩兵連隊で、上官だった者です」

直江は数瞬、黙った。別人という答えは予想していたものの、すぐには状況に反応できず、言葉に窮《きゅう》した。赤の他人が「征春」を名乗ってここに横たわっている。終戦からもう十三年、その間、ずっとなりすましていたというのか。……元上官だという庄司は、続けて言った。

「なぜ、こんなところにいるのかとお思いなのでしょう。私は十五年間『青木征春』を名乗ってきました。戦地の収容所にいた頃から」

「どういうことですか。いったいどうして征春さんの名を」

「征春君を死なせたのは、私です」

直江は耳を疑った。死なせただと……？　殺したのか。

「征春君が死んだのは、戦地です。敵軍に追い詰められ、餓死《がし》か投降か、どちらかしかないという状況になりました。征春君は、恥を恐れず、投降したいと訴えました」

投降は日本兵としての最たる恥辱《ちじょく》だ。だが、征春は、恥辱よりも生きて還《かえ》ることが大事だと訴え、投降を強く望んだ。勇気ある上申《じょうしん》だった。

「だが、上官として……そんなことは絶対に許可できませんでした。生きて辱《はずかし》めを受けることなかれ、投降などするくらいなら、自決《じけつ》しろ、と。皆に言いました。征春くんは翌日、自決しました」

庄司の言葉に、直江は言葉を失った。

つまり——復員名簿の記述も嘘《うそ》だった。征春は佐世保で死んだのではない。戦地で、自決、とは。

「仲間が次々と餓死する中で、とうとう敵兵に発見されました。私は、迷いもせず投降しました。もう自決する気力すらなかったのです。収容所に連れていかれました。しかし途中で自分が不名誉の投降者であることが恐ろしくなり、所属を聞かれて、つい自《みずか》らの名を伏せ、答えてしまったのです。自分は『青木征春』であると……」

直江は目を瞠《みは》るばかりだ。

見ず知らずの男の前であることも意に介《かい》さず、いや、見ず知らずだからなのか。庄司は吐露《とろ》を続ける。まるで彼が現れるのを待っていたとでもいうように。

「収容所では『青木征春』として振る舞いました。終戦後は、収容所の監督者として。私は最後まで戦った降伏日本人《JSP》たちを前に、彼の名を隠《かく》れ蓑《みの》にして、卑怯《ひきょう》にも自らの不名誉を隠し続けたのです。それは同時に、不名誉を彼になすりつけることでした。この日本の土を踏むまで、それは続きました」

「では、佐世保で死んだ、とあったのは……」

「はい。一度は彼の名のまま復員手続きをしました。しかし、それではご遺族に迷惑がかかると思い、私は佐世保で死亡したことにして、削除してもらったのです。大勢の引揚者《ひきあげしゃ》と復員者で、援護局《えんごきょく》は混乱していましたから、訂正《ていせい》は造作《ぞうさ》もありませんでした。私はその足で、征春君のご実家である、この家に向かったのです」

贖罪《しょくざい》のつもりだった。征春の死を報告し、謝罪するつもりだった。

だが、この家についたところで、庄司は倒れた。高熱を発し、何日も昏睡《こんすい》状態になって、目が覚めた時には、体の神経をやられたのか、歩けない体になってしまっていた。

「以来、この家に世話になっています。もちろん、そのような状態がよいわけはありませんでした。ですが、征春として留まるように、と彼のお父さんから頼まれました」

「父親から？」

「はい。本家の跡取りが欲しいと。末期ガンだったお父さんは病床にいて結局それが遺言になりました。青木家はいろいろと難しい家のようで、征春君に死なれては困る理由があったようです。何より、彼の母親は、心を病《や》んで、私を征春君だと思いこんでしまい……」

ひとり息子の死が受け入れられなかったのだろう。奇妙な状況のまま、庄司は「爆弾で顔が潰《つぶ》れた」との嘘の口実で、顔を隠して、「生きている征春」になりすました。こうしてこの家でも「青木征春」であることを続けざるを得なくなったという。

「おかげで名実ともに、私は……〝庄司龍三〟という男の人生は、なくなってしまった。故郷にも帰れず、家族の元にも戻れず。この部屋だけが、私の世界となった。これも私の欺瞞《ぎまん》が招いたこと。自業自得《じごうじとく》だ」

自分の保身のために名をかたり、そのために半《なか》ば、監禁のように青木の家に閉じこめられた。征春の名をかたった代償《だいしょう》だとしても、それはあまりにやりきれない。

「……ひとつお訊ねしてもいいですか」

直江には、うっすらと確信することがあった。

「あなたがこの家で高熱を出した時、首筋に六本の指のようなアザができたりはしませんでしたか……」

すると、庄司は伏し目がちに微笑した。

「これのことですか」

喉《のど》を覆《おお》っていた毛糸の首巻をおろした。そこにクッキリと指の形をしたアザがある。

「では、あなたも」

「はい。私にはわかっていました。収容所でもそれで死んだ者がいましたから」

「呪詛《じゅそ》のことを知っていたんですね」

「収容所の食料調達で関わっていた現地人に、巫覡《ふげき》を司《つかさど》る一族の者がいました。精霊と死霊が合体した神――それがプウジャ。収容所で戦中投降者《プリズナー》たちを襲《おそ》い、この家で私を襲ったプウジャの正体は……征春君です」

なんですって、と直江は思わず呟《つぶや》いた。

そう。死んだ征春こそプウジャの正体だったのだ。

「不名誉な戦中投降者《プリズナー》のくせに。収容所で威張り散らすばかりか、JSPを虐《しいた》げて私腹を肥《こ》やしていた投降者《プリズナー》を、彼が自ら呪《のろ》い殺したんです。戦友たちを横暴から守るために、彼自身が」

呪いの真相が明らかになった。つまり勝長《かつなが》が知る「最初の呪い」は、精霊と合体して霊《プウジャ》となっていた征春本人の意志だった。他に呪者《じゆしや》がいたわけではなかったのだ。

「では、あなたを呪ったのも」

「はい。彼も帰国していたんです。この私の体に取り憑《つ》いて」

直江は顔を強《こわ》ばらせた。庄司は、しかし妙に晴れ晴れとした顔つきだった。

「私は高熱でうなされている間、ずっと征春君の夢を見ていたからわかります。彼は、現地で見たプウジャの像と同じ姿をしていました。私を恨んでプウジャになったんです」

「征春さんの霊は、いまもここにいるんですか。プウジャはいま、どこに」

ここにはいません、と庄司は言った。

「彼は、早枝子さんとともにこの家を出ました。早枝子さんの守り神になると言って」

「なんですって。つまりプウジャとなったまま彼女の守護霊に」

抱着《ほうちゃく》している霊のことか。いや、古い霊しかいなかった。そんな特殊な守護霊だったら、とうに気づいていたはずだ。たとえ直江たちが気づけなくても、高坂《こうさか》が気づいている。

「早枝子さんのそばには征春さんの霊はいませんでした。代わりに、戦国時代の霊が」

「戦国？」

「はい。何か心当たりはありませんか。呪われた者たちが、土砂崩れに遭《あ》う夢を見ているんです。霊視した者によると、その戦国の霊は、菊水紋《きくすいもん》を身につけていたと」

庄司はたちまち何かを悟《さと》ったようだった。そして「外の障子《しょうじ》を開けてください」と直江に言った。二階は外に面した部分に障子がはまっている。普段は雨戸で閉め切っているが、晴れた日は明かりとりのため、開けていた。言われるままに、障子を開けた。

「庭の隅《すみ》に土蔵《どぞう》があります。家紋を見てください」

「あれは……っ」

菊水紋だ。土蔵の大棟《おおむね》にくっきりと刻《きざ》まれている。

（青木家の家紋だったのか）

「いいえ。当家の正式な家紋ではありません。しかし、家紋とは別に先祖代々〝主家紋〟を掲げております」

「主家紋」

「内ヶ島《うちがしま》氏です」

　庄司は耳慣れぬ名前を口にした。

「かつて戦国時代、この奥飛驒を治めていたという武将です。この白川郷《しらかわごう》のすぐそばには帰雲《かえりくも》城《じょう》という城があったそうですが、天正《てんしょう》年間の大地震で、大規模な山崩れが起き、それに巻き込まれて一族郎党、一夜のうちに全滅してしまったと……」

（思い出した……）

　天正地震の時に起きた山崩れで、全滅した戦国武将だ。内ヶ島氏理《うじまさ》。この高い山に囲まれた峻険《しゅんけん》な奥飛驒で白川郷を治めていた。上杉謙信《うえすぎけんしん》もこの場所を攻め入ったが、あまりの堅牢《けんろう》さについに陥落《かんらく》させることができなかった。滅多《めった》に外征《がいせい》しない武将だったので、それがゆえにあまり名を知られていないのだが、越中《えっちゅう》の佐々成政《さっさなりまさ》と組み、成政が羽柴秀吉《はしばひでよし》に攻め込まれた際は、救援の兵を出していた。それが唯一の外征だった。が、その間に、秀吉の家臣である金森長近《かなもりながちか》に城を奪われるという事態に陥《おちい》った。

「どうにか和睦《わぼく》して城には戻れたようですが、和睦を祝う宴《うたげ》で、一族郎党、重臣までもが城に揃《そろ》っていたところ、地震が起きて、背後の帰雲山が崩れ、文字通り、全滅したそうです。城下の《の》人々も牛馬も、全部呑み込まれたそうです。当家は、その家臣の唯一の生き残りとして、主家を忘れぬよう、家紋を掲げているのだそうです」

「それで内ヶ島氏の家紋を……」

「青木家は、悲劇の一族の菩提《ぼだい》を弔《とむら》う家として、今日まで続いてきたそうです。その役目ゆえ、断絶してはならぬと……。それでなんとしても跡継ぎをと」

そのために、庄司はいわば「征春の替え玉」として、この家に留まらねばならなくなったのだ。

「しかも早枝子さんの実家は、帰雲神社といわれる内ヶ島氏の御霊《みたま》を祀《まつ》った神社で……。内ヶ島のお殿様の御落胤《ごらくいん》が神官となったとの謂《い》われもあり……」

「つまり子孫の可能性もあると……」

こくり、と庄司はうなずいた。

「そちらでは内ヶ島の霊を山神と呼んで、神職一族は山神に守られると信じられていました」

「なんてことだ。では彼女に憑いていたのは、内ヶ島家の……」

昔から、その一族の怨霊《おんりょう》は地元で恐れられていた。

彼らへの供養を怠《おこた》り、怒らせれば、再び山崩れを起こして、この白川郷をも呑み込む、とも伝わっていた。青木家と南《みなみ》家は「鎮《しず》め石《いし》」のような存在だった。

「つまり、その内ヶ島一族と、プウジャの征春氏とが……早枝子さんには……」

急に嫌な予感がしてきた。

直江はいてもたってもいられなくなってきた。

（一刻も早く東京に帰らねば）

「プウジャの呪詛は、どうすれば止まりますか」

「いったいどうしたんですか。呪いをかけられた人がいるんですか」

直江はレガーロのバンドマンたちの件を包み隠さず、話した。庄司は真っ青《まさお》になった。

「呪者は早枝子さんである可能性が高い。形代《かたしろ》を持っていました。プウジャとなった征春さんを、恐らく彼女は使役《しえき》している」

「プウジャの呪いは解けません。一度かけられたが最後、徐々に肉体を蝕《むしば》んで、二十四日目に、死にます」

「！　……まさか。必ず死に至る呪いなのですか」

放っておけばそうなる。じわじわと真綿《まわた》で首を絞めるように相手を死に至らしめる、継続呪詛なのだ。プウジャ自体が消滅する以外に、解くことができない。

「早枝子さんはそれを知らないんじゃ……」

「でも、あなたもプウジャに呪われたはずじゃ……」

「私は、呪いの効果を弱めることで、死までの時間を遠ざけているだけです。これで」

庄司が手を伸ばしたのは、薬簞笥《くすりだんす》だ。引き出しのひとつから、桐箱《きりばこ》を取りだした。蓋を開けると、中に入っていたのは、丸い香炉《こうろ》めいた玉だ。振ると、ぐわらん、ぐわらん、と不思議な音色《ねいろ》を立てた。ガムランボールによく似ている。

「現地では、神除《よ》けの鈴と呼ばれていました。プウジャを操る時に使うもので、これを激しく振り鳴らせば、プウジャは音を忌避《きひ》して力を弱めるといいます。私はこれを用いて、今日までどうにか命ばかりは長らえました。うまく使えば、霊と精霊を切り離せるはず」

「切り離す？　どうやって」

「現地の方はプウジャを分離して土に返す呪文《じゅもん》を知っていました。しかし、あいにく私にはそれがわかりません。どうにもなりません」

　絶望的ということか。レガーロで最初に倒れたバンドマンはベースの五反田《ごたんだ》。それからもう二十日《はつか》以上が経《た》つ。あと数日しかない。

（なんとかしなければ）

　庄司から鈴を受け取った。

「お借りします。しかし、あなたは大丈夫なのですか」

「私がこうなったのも、身から出た錆《さび》。いえ、本来なら、鈴を鳴らすべき資格もない人間です。抗《あらが》わず、とっとと死んでいれば、早枝子さんのお荷物にもならなかった……。ですが」

　庄司は顔を覆って声を詰まらせた。

「征春君として生きることが、彼への贖罪だと思ったのです。それしか償《つぐな》う方法が思い浮かばないのです。生きることだけが！」

　桐箱を渡した直江の手に、自分の手を重ねて、庄司は言った。

「お願いします。歩けなくなった私の代わりに、早枝子さんたちを守ってください」

「庄司さん……」

「早枝子さんが出ていった気持ちもわかります。私と青木家とを、全て捨ててしまいたかったのでしょう。彼女は私には優しかった。私の罪を呑みこんで寄り添ってくれた。あのひとは、幸せにならなきゃいけないひとです。早枝子さんを止めてください……。どうか！」

庄司は直江の手に額《ひたい》をこすりつけるようにして、頭を下げた。

痛ましいような気持ちで、直江は受け取った。

「……わかりました。早枝子さんのことは、私に任せてください。征春さんのことも。だから、あなたも死んではいけません。事件が片づいたらすぐに鈴を返しに戻ります。それまで何とか！」

お願いします、と切実そうに庄司は何度も言った。早枝子とは本物の夫婦でもなんでもなく、いわば仮面夫婦のような間柄だったが、自分の介護《かいご》のために苦労をかけたという思いが、そうさせるのか。いや、それ以上に——。

ずっと後悔しているのだろう。征春たち部下に「投降するなら自決しろ」と言い放ってしまった、その言葉を。

征春を死なせたのは、自分だという想《おも》いが。

家族を奪ったのは、自分だという想いが。

（こんな罪滅ぼしの仕方もあるのか……）

直江は胸が痛かった。

帰路、迎えに来たタクシーの運転手が、帰雲山の崩壊地跡を教えてくれた。

今は雪が積もっているため、はっきりとはわからないが、山の斜面が大きくえぐれた跡があり、雪解けすると、緑の中に剝《む》き出しになった地表面が、くっきりと見える。

帰雲城があったのは、保木脇《ほきわき》というあたりだと言われている。去年、ダム建設に伴《ともな》って、家屋移転などが行われたばかりだ。どんどん膨《ふく》らむ経済活動に伴って水力発電所の建設も進んでおり、水源地の村は、次々とダムの底に沈んでいる。

こんな山奥にも経済成長とやらの波は押し寄せているのか。

「白川は昔は、金銀の鉱山《こうざん》があったといいますからね……。外に攻め込んでいかなきゃ、内ヶ島一族も、安泰《あんたい》だったんじゃないでしょうかね」

そんなふうにして時代に呑み込まれる山間の村と同様に、はるか昔に滅んだ一族までも、表舞台に引きずりだされようとしている。

（これ以上悲劇が大きくなる前に、止めなければ）

「行きましょう」

直江は車に乗り込んだ。雪深い里を、慌ただしく後にした。

＊

レガーロは騒然としていた。

それは明らかな爆破予告だった。執行《しぎょう》が大進興業《だいしんこうぎょう》に店を明け渡さなければ、明日午後八時五分、店を客ごと爆破する。差出人の名がない手紙は、脅迫状《きょうはくじょう》だった。

その手紙が届いて、しばらく経ってから、大進興業の人間が店にやってきた。

「執行健作《けんさく》さんですね。すぐにこの書類にサインして、店を明け渡しなさい」

店の経営権を大進興業に譲渡《じょうと》するという契約書だった。

「帰れ！　社長がこんなのにサインするわけがねえだろ！　帰れったら帰れ！」

ナッツが噛《か》みつき、あわや暴力沙汰《ざた》になりかけた。そうなったら思うつぼだ。間もなく、大進興業の若い連中がやってきて、明け渡すの渡さないの、と押し問答になり、とうとう店員たちはバリケードを築いて、店に立て籠《こ》もってしまった。

「皆さん、頑張りましょう。レガーロは絶対渡しません！」

バリケードを守るのは、坂口《さかぐち》だ。陣中見舞いに来て、騒ぎに巻き込まれてしまった坂口だが、こんな時こそ自分の出番とばかりに、率先《そっせん》してバリケードを築き上げた。

「なあに、こういうのはお手の物です。学生運動の革命闘士でならした僕ですから」

頭に鉢巻《はちまき》を巻いて、手にモップを握っている。景虎《かげとら》も、その隣で外を窺《うかが》っていた。

「なりふりかまわなくなってきたな、アオプロめ……」

当然、店は臨時休業だ。

ここまで強引な手に出るとは想像もしていなかった。爆破予告なんて大袈裟《おおげさ》すぎて、本来なら相手にもしないところだが、大進興業のバックにいる者が不穏《ふおん》すぎた。

(高田《たかだ》機関の人間まで嚙んでるとすると、ハッタリじゃ片づかない)

「社長……。打つ手を考えましょう」

執行は険《けわ》しい顔になって考え込んでいる。景虎は急に不安になった。

「まさか、応じるなんて、考えてませんよね」

そこへウェイターを引き連れたナッツが、バックヤードから戻ってきた。

「念のため、爆弾みたいなものが仕掛けられてないか、一通り見ました。不審なもんは何もないっすね。やっぱり、ハッタリじゃないかな」

「とりあえず、店は閉めてますし。お客さんを巻き込むのだけはしないで済みそうですね」

ナッツ以下従業員は、一致団結の鉢巻をして断固、抵抗のかまえだ。

「……それにさっき、なんか遠くのほうで、ぼんって変な音が聞こえました。空襲《くうしゅう》の時を思い出すみたいなヤな音だった。あれが爆弾だったりしたら嫌だなあ」

「女の子は帰したほうがいいな……」

執行がやっと口を開いた。バンドの助《すけ》っ人《と》で来ていた美奈子《みなこ》も巻き込まれてしまっていた。

「いくらなんでも物騒《ぶっそう》すぎる。どうにか外に連れ出せるか」

「裏口からそっと出す手はありますが、たぶん見張られてます。見つかって、かえって人質にでも取られたら、まずいですね。警察に保護してもらう手は」

「通報するな、と書いてある。不用意に知らせるわけには……」

社長、とフロア・マネージャーが事務所から駆けつけてきた。

「外と連絡がとれません。電話線を切られたみたいです」

「なんだと」

応援を求めることもできないということか。ますます事態は深刻だ。

美奈子が進み出てきて言った。

「あの、私のことなら、気になさらないでください。一緒に皆さんとここで闘《たたか》います」

「なに言ってるんだ。君はこの店の人間じゃないんだぞ」

景虎が強く叱責《しっせき》した。

「君は無関係だ。巻き込むわけにはいかない」

「レガーロが人に取られるかどうかの瀬戸際《せとぎわ》なんでしょう？　私はレガーロのファンです。お店の方が闘うなら、私も一緒に闘います。こんな卑劣《ひれつ》なやり方に屈《くっ》したくありません」

「馬鹿《ばか》。学生運動でもしてる気分なんだろうが、これはお遊びじゃないんだぞ」

「お遊びのつもりなんかじゃありません！」

「そうですよ、加瀬《かせ》さん！　学生運動を馬鹿にしないでください！」

割って入った坂口は、久しぶりに血が騒いでいる。景虎は顔面を押さえた。……やはり、わかっていない。相手は高田機関だ。戦時中は大陸でさんざん秘密工作をして、戦後もそれで得た軍資金を駆使《くし》して、今も政界やら経済界やらの暗部に食い込んでいるような連中なのだ。

「しかし、たかがガード下のナイトクラブごときに、ここまで手荒なやり方を持ち込むなんて、大進興業は一体なにを考えてるんだ」

「早枝子の報復だろうよ」

執行にはわかっているようだった。

「……あいつは俺を恨んでる。アオプロの援助も断った俺に、思い知らせてるつもりだろう」

「だからって爆破予告までしますか！」

突然、電話が鳴り始めた。

電話線は切られていたはずだ。全員ギョッとした。電話はけたたましく鳴り続ける。執行が受話器をとった。

『決意は固まったかな。執行社長』

返ってきたのは男の声だった。やけに腹が据《す》わっている。大進興業の幹部のようだ。

「あんたが犯人か。こんなハッタリかましても、無駄《むだ》だぞ。店は渡さん」

『ほう。ハッタリだと思っているのか』

ラジオをつけろ、と男は言った。

『要求を拒否したらどうなるか、いまニュースで伝えてる。それを聞いてよく考えることだな』

電話はそこで切れた。執行はすぐにラジオを持ってこさせた。言われた通り、つけると、臨時ニュースをやっている。

『——……先程、午後六時十五分頃、新橋《しんばし》駅前の広場にて爆発物とみられるものが爆発し、怪我人《けがにん》が出ている模様です。繰り返します……』

景虎たちは息を呑んだ。……爆発物だと……!?

さっき、ナッツが聞いた破裂音は、正真正銘《しょうしんしょうめい》、駅前広場での爆発音だったのだ。間違いない。

さすがの執行も従業員たちも、青ざめて沈黙してしまう。——ただの脅《おど》しではない。

向こうは、本当に爆発物を用意している。ということは、要求に応じなければレガーロも——。

重苦しい空気の中、再び電話が鳴りだした。すぐに執行が出た。

「おい貴様ら、一体……!」

『ようやく状況を理解したようね』

返ってきたのは女の声だった。

「早枝子……っ。おまえなのか」

景虎たちもハッとして執行に注目した。

『よくわかったでしょ。ただのハッタリではないことが。あなたが店の引き渡しに応じなければ、予告通り、爆発物が火を噴《ふ》いて死傷者が大勢でるわよ』

受話器を握る執行の手が、怒りでぶるぶると震えている。

「……早枝子、そうまでして俺からレガーロを奪いたいのか」

『あなたが素直に私にすがって、傘下《さんか》に入ってくれれば、こんな手荒な真似《まね》はしなくて済んだのよ。後悔することね』

「ふざけるな！　俺を追い落としたいなら、俺だけを標的にすればよかっただろう！　バンドマンたちにまで怪我をさせて、なおかつ無関係の人間まで……！」

『私が？　怪我をさせた？　どうやって？　証拠《しょうこ》もないのにおかしなこと言わないでよ』

確かに証拠はない。バンドマンたちの怪我も病気も、他人の力が介在《かいざい》するようなものではなかった。皆は呪いなどと恐れるが、執行は信じていなかった。

「証拠なんかない。でもわかる。おまえが仕組んだ。方法はわからない。でもおまえが仕組んだ。この魔女め！」

『ほほ！　そうよ。私は魔女よ。さあ、店と一緒に吹き飛ばされたくなければ、引き渡しに応じなさい。サインして出ていけばいいだけよ』

「……てめえ、早枝子ォッ！」

横から受話器を奪ったのは、景虎だった。景虎は声を潜《ひそ》め、

「青木早枝子だな。あんたがプウジャの呪詛を用いて、バンドマンたちを襲ったことはわかっ

てる」

早枝子は驚いて『あなた、誰?』と訊《き》いてきた。景虎は身を乗り出し、

「誰でもいい。そいつは、あんたみたいな素人《しろうと》が何度も扱える呪詛じゃない。呪詛には必ず返りの風が吹く。法則は万国共通だ。その除け方も知らないで安易《あんい》に使い続けると、自分の身が危うくなるぞ」

『飼い犬のくせに。わけのわからないこと言ってるんじゃないわよ』

「あんたは利用されてるだけだ!」

景虎が強い口調で言った。

「何のためにこんなことをさせてるのかはわからない。でも奴《やつ》らのやり口はよく知ってる。利用価値がなくなったものは、血も涙もなく切り捨てる連中だ。あんたもいずれは」

『おだまりなさい! 邪魔《じゃま》をするつもりなら……』

受話器の向こうで、早枝子が低く呻《うめ》くように何か言葉を紡《つむ》ぎ始めた。だが、よく聞き取れない。日本語ではない。サンスクリット語でもない。古代ハワイのチャントに似ている。

景虎は強い殺気《さっき》を感じて、背後を振り返った。そして見た。

ステージの上に奇妙な格好をした男が立っている。つい今し方まで、存在しなかった。蓑《みの》のようなものを着込んで、頭には熱帯のシダで編んだ大きな帽子をかぶっている。明らかに本土で見かける祭祀《さいし》様式ではない。かろうじて琉球《りゅうきゅう》地方の様式に雰囲気《ふんいき》が似ている。南方海洋民

族の祀《まつ》る神の姿だ。何よりこの赤い肌……！

（これは……）

景虎は息を呑んだ。

（プウジャ）

すーっと床を滑るように移動する。こちらに近づいてくる。だが景虎以外には見えていないようだった。それもそのはずだ。どう見ても霊体だった。

（体が……）

動かない。金縛《かなしば》りにかけられた。解こうとするが《力《りょく》》が効かない。そうこうするうちに、プウジャは間近にやってきた。大きなシダの垂れた帽子のつば越しに、赤い顔の男がこちらを見ている。南洋の神だというが、顔立ちはどう見ても日本人だった。

（まさか……）

指が動かせず印も結べない。声も出ない。《調伏《ちょうぶく》》ができない。

プウジャが景虎へと両手を差し伸べた。指は六本。そして首をとらえる。

「……う……っ」

喉《のど》を締め上げられた。

景虎は硬直したまま、抵抗もできない。目を見開いたまま、天井を仰《あお》いで苦悶《くもん》する。必死に抵抗して力の入らない手でどうにか外縛印《げばくいん》を結んだが、念じても力を吸われているかのように何も起こらない。そばにいる執行たちにも何が起きているのか、わからない。

「おい、どうした。加瀬！　加瀬！」

「そこに何かいます……っ」

叫んだのは美奈子だった。景虎のほうを指さして、真っ青になりながら、

「大きな怪物です。加瀬さんの首を締め上げてる！　駄目えっ！」

動いたのは坂口だった。龍神《りゅうじん》の一件で、怨霊妖怪の類《たぐい》には免疫《めんえき》ができている。モップの柄《え》を握って、景虎の前に振り下ろした。それと同時にプウジャは消えた。坂口がつんのめってビールケースに突っこむのと、景虎の体が床に崩れ落ちるのが同時だった。

「加瀬さん……！」

景虎は気を失っている。

その首には、くっきりと六本の指形のアザがついている。

落ちていた受話器を摑《つか》んで執行が怒鳴り返した。

「おい、加瀬になにをしやがった！」

『その男は死ぬわよ』

恐ろしい魔女のような声で、早枝子は言った。

『決断しなければ、他の従業員も死ぬわ。自分のせいで、可愛《かわい》い飼い犬たちを殺したくなければ、早く降伏することね』

電話はそこで切れた。愕然《がくぜん》としている執行の足許《あしもと》で、ナッツと美奈子と坂口が、必死に加瀬を介抱している。

「おい、息してないぞ！」「加瀬さん！　加瀬さん！」「しっかりして！」

どけ、と執行が皆を押しのけて、景虎のそばに膝《ひざ》をついた。左胸に耳をあてる。心拍が停止している。すぐに心臓の上に手を置き、心臓マッサージを始める。よどみなく人工呼吸を繰り返し、必死にマッサージを施《ほどこ》しながら、執行は叫んだ。

「おい、戻ってこい！　加瀬、おい加瀬！」

皆が固唾《かたず》を呑んで見守る中、ようやく景虎の胸が動き、大きく息を吸ったかと思うと、今度は激しく咳《せ》き込み始めた。どうにか蘇生《そせい》した。景虎にまたがった執行は、ふう、と息をついて額の汗を拭った。

「大丈夫か」

「はい……でも」

「加瀬さん、首のところ！」

くっきりと赤いアザがつけられている。六本の指の形をしている。美奈子がコンパクトを開けて、景虎に見せた。愕然とした。

「――プウジャの呪い……」

その時だ。少し離れたところで物音がして、突然、五反田が倒れた。今の今まで何ともなかったのに、糸が切れるように倒れて気を失った。一番最初に呪いをかけられたのは彼だった。息はあるが、昏睡状態に陥っている。首のアザが熱を発して、いよいよクッキリと浮かんでいた。

（まずい……早く戻ってこい。直江）

景虎は祈った。直江ならば、きっと手がかりを得て戻る。そう確信していた。

このレガーロから死者を出すわけにはいかない。

＊

夜になっても、数時間おきに大進興業の荒っぽい連中が、店の入口を打ち壊そうとして何度も攻め込んできたので、そのたびに物を投げるなどして応戦した。小競《こぜ》り合《あ》いにもなった。明らかな示威《じい》行動だ。大きな物音を立てて罵声《ばせい》を浴びせるのは、執行たちに脅しをかけるためだった。おかげで眠気がやってきても、寝入り端《ばな》を起こされて、ろくに眠りに落ちることができない。

籠城戦《ろうじょうせん》だ。皆、神経をぴりぴりさせている。恐怖もある。疲労と焦《あせ》りが募ってきて、徐々にイライラし始めた彼らを見かねて、美奈子が何を思ったのか、ピアノの前に座った。そして、おもむろに弾《ひ》き始めたではないか。

これには景虎たちも驚いた。

美奈子が弾き始めたのはショパンの『幻想即興曲《げんそうそっきょう》』だ。

華麗《かれい》な運指《うんし》から生み出される緊迫感のある流れるような旋律《せんりつ》が、籠城のバリケードと化した店に響《ひび》く。その迫力に皆が目を瞠っている。

「……すごい……」

それはジャズの演奏とも違う。クラシック弾きの真骨頂《しんこっちょう》とばかりに、美奈子は鍵盤《けんばん》へありったけのテクニックをぶつけていく。激しく想いをぶつけていくような序盤から優美な中間パートへと転調すると、ささくれ立った皆の心が不思議になだめられていく。そして集中力を取り戻させる。

景虎も思わず聴き入っていた。

追い詰められた状況で、美奈子の演奏は、これ以上にない鼓舞《こぶ》となった。

演奏が終わると、大きな拍手があがった。

「よし。俺もやるぞ！」

美奈子に刺激されて立ち上がったのは、トランペットの渋谷《しぶや》だ。愛用のトランペットを握り、ステージにあがると、鬱屈《うっくつ》を吹き飛ばすように高らかに吹き始めた。そこに他のメンバーも次々と加わっていく。いつのまにか奔放《ほんぽう》なジャズのセッションになっている。

レガーロに音楽が戻ってきた。その様《さま》を、執行は胸を熱くして見ている。

「おまえら……」

脅しには屈さないことを音楽で表明するとばかりに。

強い気持ちが戻ってきた。客のいない店で、演奏者たちが魂《たましい》と魂をぶつけあう。それがエネルギーとなって、敵の襲来《しゅうらい》をはねのけたのか、その夜はもう、敵も示威行動を仕掛けてこなかった。

ともかく、ここにいるだけでは埒《らち》が明かない。

景虎は『剣の護法童子《ごほうどうじ》』に外の様子を探らせようとしたが、プウジャの呪力に阻《はば》まれて、あえなく失敗した。やむをえずナッツを外に出すことにした。彼ならば、腕っぷしもある。すばしこいし、スリで鍛えた逃走術もある。追っ手がついても追跡をまくことくらいはお手の物だった。簡単には捕まらないだろうと見込んで、ナッツを色部《いろべ》勝長のもとへ出すことにした。

だが、思惑は思わぬ形で阻まれた。

追っ手をまいたナッツのもとに、不気味な男たちが立ちはだかったのだ。

「な……なんだよ、あんたら」

大進興業のチンピラたちとは明らかに様子が違った。スーツ姿で帽子をかぶっている。振り向くと、後ろにも。路地の前後から挟まれて、逃げ場を失った。

男たちは、直江と高坂を襲った者たちと全く同じ風体だった。銭湯《せんとう》帰りに加瀬といたところを襲ってきた男たちだった。が、むろん正体はナッツの知るところではない。

突然、壁に積まれたビールケースが崩れた。ナッツが目を剝いたのは、散乱した空《あ》き瓶《びん》とケースが、ひとりでに浮き上がったからだ。風もないのに次々と浮いて、ナッツを取り囲んだ。

「な、なんだよこりゃ！　……うお！」

空き瓶がナッツめがけて飛んできた。どうにかかわした。空き瓶は壁にあたって砕けた。すると今度は破片が浮き上がり、数を増して襲いかかってくる。こればかりはよけきれない。

「ひいっ！」

思わず身を庇《かば》った。が、破片は体に突き刺さらなかった。見えない壁に跳ね返されていた。

驚いて振り返ると、背後にいた男たちが倒れている。その向こうに女の人影がある。

「その子に手は出させないわよ」

スカーフを頭に巻いた若い女だった。ナッツは呆然《ぼうぜん》とした。

「――マリーさん……っ」

男たちが襲いかかる。マリーは素早く印を結んだ。

「〝《バイ》〟！」

動画を一時停止したかのように、男たちの動きが不自然に止まった。

「のうまくさまんだ　ぼだなん　ばいしらまんだや　そわか……！　南無刀八毘沙門天《なむとばつびしゃもんてん》、悪鬼《あっき》征伐《せいばつ》！　我に御力《おんちから》与えたまえ！」

ナッツは尻餅《しりもち》をついたままだ。マリーの拳《こぶし》が不思議な光を発していく。

「《調伏》！」

ぶわ、と突風が吹いた。炸裂《さくれつ》した光に驚いてナッツは目を瞑《つむ》った。猛烈《もうれつ》な風が吹き荒《すさ》び、路地を吹き抜けていく。やがて転がってきたビール瓶がナッツの足許でゆっくり止まった。辺りは闇《やみ》に戻っている。男たちは倒れ込んでいた。何が起きたのか。ナッツにはわからない。状況を理解しているのはマリーだけだ。男たちは憑依霊《ひょういれい》だった。

「マリーさん……。これ一体……」

「レガーロに何が起きたの？」

早枝子たちの様子から店の異変に気づき、駆けつけたマリーだった。

「手伝うわ。状況を教えて！」

＊

未明になって、ようやく、レガーロの面々は寝ついた。

起きているのは、見張りに立つ執行と景虎だ。

景虎は、プウジャの呪いを受けたせいで、体が完調ではない。古傷のある肺がうまく働いていないようで、息が苦しい。動悸《どうき》に耐え、浅い息を繰り返し、時々咳き込んでいる。

大丈夫か、と執行が気遣《きづか》った。景虎は壁にもたれたまま、こくりとうなずいた。顔色が悪い。

執行は、床で思い思いに雑魚寝《ざこね》している仲間たちを眺めて、静かに言った。

「……朝になったら、皆を解散させようと思う」

　景虎は驚いた。

「何言ってるんですか、社長。解散なんて……」

「いや。もう充分だ。レガーロは明け渡して、経営権は大進に譲る。早枝子がついてるんだ。あいつの目の届く範囲なら、悪いようにはしないだろう」

「こんな卑劣なやり方に従う気ですか！　駄目です！」

「俺が身を引けば、おまえたちも働く場所を失うことはないはずだ。引き続き働けるよう、早枝子にかけあってみる。条件が受け入れられれば、明け渡す。それまで俺ひとりでねばるつもりだ」

　呆然としている景虎を見て、執行は苦笑いした。

「なあに、俺はどうとでも生きていけるさ。まあ、この店と一緒にふっとんじまうってのも悪かないが……、ここがふっとべば、上の線路ごとふっとんじまうからな」

　ガード下を借りている身だ。赤煉瓦《あかれんが》造りの高架橋は、歴史も古い。今でも現役で新橋と有楽《ゆうらく》町《ちょう》の間の線路を支えている。だが橋脚《きょうきゃく》部分はともかく、橋桁《はしげた》は煉瓦も薄いので、爆発物の威力にもよるが、下で何かが爆発すれば、よくて陥没《かんぼつ》、最悪崩壊。上の線路にも影響が出るのは間違いない。

「だが店の中に何かが仕掛けられた気配はない。仕掛けるとしたら、外か……」

「社長。どうもさっきから気になってたんですが」

景虎はプウジャの手の痕《あと》がある首筋をさすりながら、言った。

「今度の件、本当にレガーロを狙《ねら》ったものなんでしょうか」

「どういうことだ」

「早枝子さんの意図《いと》はともかく、爆破予告にどうも不自然さを感じます。〝客ごと吹っ飛ばす〟と脅迫状にはありましたよね」

「ああ。でもそもそも休業にしちまえば、客も入れない。本当に吹っ飛ばす気なら、客が入ってる時を狙ってやるはずだがな」

「〝客〟って、レガーロの客のことなんでしょうか」

景虎は神妙な表情をしている。「どういう意味だ」と執行は言った。

「レガーロの客とは限らないということです。この上には電車が走ってる」

まさか、と執行は目を剝いた。

「電車の客ってことか。爆発に電車を巻き込むと……っ」

「おそらく。それが狙いでしょう」

「冗談じゃない！　電車の客っていったら、時間帯によっちゃ百人二百人じゃ済まないぞ」

「ええ……」

険《けわ》しい目つきになって、景虎は天井《てんじょう》を睨《にら》んだ。

「高架が崩壊したとこに電車が突っこみでもしたら、それこそ大惨事《だいさんじ》です。タイミング悪けりゃ電車も吹っ飛ぶし、よくても脱線転覆《てんぷく》。どれだけ犠牲者が出るかわかりません」

「くっそ。なら、ますます応じるしかねえじゃねえか！」

「応じたとしても、爆破するつもりかも」

馬鹿な、と執行が食ってかかってきた。

「意味がないってのか。なんでそんな真似」

「奴らの本当の目的は……レガーロでなく、電車の転覆かもしれません」

執行は絶句した。

「どういう……ことだ」

「大進興業の後ろにいるのは、高田機関という旧軍関係者です。政治サロンにも縁が深く、かつてはＧＨＱの反共工作にも深く関わってました。彼らは国鉄利権を得るために、労働争議に関連して『左派のテロ』を演出した事件をいくつも起こしてきましたし、今度もそういう意図があるのかもしれません」

「テロに見せかけるっていうのか」

「たぶんテロを起こして脅したい対象が、いるんでしょう。ただし、世間的には公《おおやけ》にできない。だから、世間向けには『ナイトクラブの経営を巡って一暴力団が起こした破壊事件』として片づけようとするはずです。レガーロも早枝子さんも、単に利用されてるのかも」

執行はぽかんとして景虎を見ている。景虎は我にかえって、不釣《つ》り合いなことを口にしたことに気づいた。執行は神妙になり、

「おまえ、いったい何者なんだ」

景虎は口をつぐんでしまう。黙り込んだ彼を見て、執行はなんとなく呑み込んだ。

「まあ、いいさ……。言えない経歴の持ち主なんて、いくらだっている」

「社長」

「早枝子もそいつらに利用されたってことか。馬鹿な女だ……。恨み言なら俺に直接言えばいいのに」

執行は煙草《たばこ》に火を点《つ》けて、溜息《ためいき》をごまかすように深く煙を吐いた。

「おまえも気づいたかもしれないが……。あいつの娘、遥香《はるか》な——あれは俺の子供だ」

景虎は驚いた。執行はカウンターに腕をのせ、遠い目になった。

「早枝子から直接言われたわけじゃないが、俺にはわかった。耳の形が俺の母親そっくりだったからな。出征《しゅっせい》の前夜だった。明け方、隣で眠るあいつの安らかそうな寝顔を見て、召集地に向かった。早枝子を抱いたのは、あとにも先にも、あれきりだ」

「なら、やはり……」

「旦那さんには頭が下がる。誰の子か隠してるのかもしれないが、多分気づいてるだろう。早

枝子は、俺に見せたかったんだ。俺たちの間にできた子が歌手として歌う姿を」

「社長に育ててほしがってました」

「父親として、やるべきことはなにひとつできてないからな。だが、やっぱり駄目だ。旦那さんに申し訳ない。遥香には、俺は関わっちゃいけないんだ」

その複雑な心の内を、景虎は読み取ろうとするように見つめている。執行は「でも」と言い、「心のどこかでは喜んでたな。自分と愛する女の間にできた子が、ステージに立つ姿を。戦地に行ってもずっと後悔してた。『待っていてくれ』の一言が言えなかったことを」

言えるはずもない。戦地に行く自分が。

幸せにするとは、約束できなかった。

景虎が「何か作りますか」と尋ねた。こんな体でカウンターに入ろうとしている。執行が止めた。

「とにかく、爆弾を仕掛けさせないようにするのが先決だな。そのためにもここは離れられん」

「仲間に頼んで、爆弾がないか、外から確認してもらうつもりです。従業員は念のため、外に出しましょう。オレが残ります」

「一緒に心中するか」

「あいにくその気はありませんよ」

夜が明けようとしている。直江からの連絡は、まだ、ない。

景虎はボトルに映る首のアザを見た。

(直江……)

＊

果たして——。ナッツは伝令係として成功した。未明を狙って店から密《ひそ》かに脱出し、マリーと遭遇《そうぐう》した後、マリーとともに医師宿舎にいた色部勝長と合流し、レガーロを見下ろせる建物に入っている雀荘《じゃんそう》を確保した。

「今のところ、外部に爆発物を仕掛けた様子はないな」

勝長は窓辺に立って、双眼鏡を覗《のぞ》いている。陽《ひ》も高くなってきた。眼下の高架橋には、すでに電車が忙しそうに往き来している。

電話も使えない状態での連絡手段は、思念波だ。といっても顔も見えない状態でやりとりするにはあまりに微弱なため、増幅法を用いて景虎との疎通《そつう》を試みた。思念波の指向性は高いとはいえないので、勘《かん》の鋭い人間には傍受《ぼうじゅ》される危険があるが、やむをえない。

《……線路上にも不審物はないか?》

景虎が返してくる。壁際に座り込んで、組んだ両手を額にあて、やりとりに集中している。

勝長も集中して、送り返した。

《ないな。見あたらない》
　すでに店からは従業員を解散させた。抵抗したが、執行が説き伏せた。中に残っているのは、景虎と執行だけだ。他は全員、この建物に移動して、なりゆきを見守っている。
《さっき、晴家《はるいえ》を敵陣に行かせた。事態が動くまで、しばらく辛抱してくれ》
《晴家を？　連絡がとれたんですか》
《ああ。大進興業の社長と面識があるそうだ。交渉を試みる、と》
　柿崎《かきざき》晴家ことマリーは、ナッツを伴って、大進興業の事務所に赴いた。
　だが「交渉」とは程遠い。
　雑居ビルの三階にある事務所では、マリーとナッツ以外、他に立っている者はいなかった。社員という名の組員は、皆、床にのびているか、壁にもたれて座り込んでいるかのどちらかだった。
　無事でいるのは、社長室にいた後藤《ごとう》社長だけだった。ふたりに詰め寄られて後がない。
「おい……待て。話し合おう……暴力はいかん」
「さんざん暴力で人を黙らせておいて、いまさら『いかん』と言われましてもね……」
　マリーもナッツも、怒り心頭《かたぱし》に発している。事務所に乗り込んだふたりは、すでに「歩く凶器」だった。問答無用で、片っ端《ぱし》から組員を畳《たた》んでしまった。交渉どころか出入り以外の何でもない。おまけにマリーは《力》を使うのも全く控えなかった。

「おっと……、机の中に拳銃《チャカ》を隠してるとかは、なしだぜ」

引き出しに手をかけていた後藤が、どきり、と固まった。

「手をあげなさい。じゃないと、頭カチ割るわよ」

後藤がおそるおそる手をあげた。ナッツが引き出しを開けると、案の定、拳銃《けんじゅう》が入っている。

ナッツは口笛を吹いて、後藤の顎《あご》に突きつけた。

「おい、よせ！　おもちゃじゃない！」

「レガーロへの脅しを取り下げてもらいましょうか。さもないと、頭吹き飛びますぜ」

マリーが足を高くあげて、机にダンと踏み降ろした。

「本気よ。命が惜しくないの？」

棚の上の花瓶《かびん》が、突然、大きな音をあげて砕けた。ラップ音が響き渡り、書棚のガラス扉も割れた。額縁《がくぶち》も落ちた。わけのわからない超常現象に、後藤は悲鳴をあげて頭を抱えた。

「やめろ、よしてくれ！　わかった……言うとおりにする！」

「仕掛けた爆発物はどこ。すぐに撤去を……！」

「我々にはわからん！　上に言われた通り、動いただけだ」

「ならば、上にかけ合いなさい！　今すぐに！」

そのときだ。突然、後藤が胸を押さえて苦悶しはじめた。そのまま、うずくまって昏倒《こんとう》してしまう。意識を失っている。驚いたマリーたちは、愕然と立ち尽くした。

（やられた。口封じだ）

直江たちを襲った霊が、消されたのと同じだ。誰かがどこかから監視している。

「！　……あれは」

向かいの建物の屋上から、こちらを見ている男がいる。

マリーの視線に気づくと、さっと姿を隠した。

（今のは……）

＊

「なんだと……！　大進の社長が口封じされた？」

怒鳴ったのは執行だった。後藤は病院に運ばれ、昏睡状態だ。おかげで、指示した人間に通じる道がなくなった。マリーたちはそのまま早枝子を捜しに出た。手がかりはもう彼女しかない。しかし、爆発物の仕掛けた場所はわからないままだ。

「やっぱりハッタリなのか。それとも」

予告の時間は刻々《こくこく》と迫っている。

そこへ電話がかかってきた。電話線を占拠《せんきょ》してホットラインにしてしまうことなど、相手が高田機関の人間なら朝飯前だ。執行が受話器をとった。

『……決意は固まったかしら。もうあと二時間しかないわよ』

早枝子の声だった。執行は震えていた。今はもうただ、憤《いきどお》りしかなかった。

爆発物も見つからない。他に手だても見つからない。万事休すだった。

執行は観念した。

「……わかった。店を引き渡す。だが従業員に罪はない。今まで通り、働かせ……」

『駄目よ。彼らが反抗的なのはよくわかったわ。全員解雇よ』

「早枝子！」

『サインをしたら、出てきなさい。十分後に入口で待っているわ』

電話はそこで切れた。執行は無念だ。傍《かたわ》らから景虎が見つめている。

「社長……」

「応じるしかねえ。すまん……、みんな」

断腸《だんちょう》の思いで、契約書にサインを入れた。

景虎の制止を振り切って、執行は外に出た。重く垂れ込めた雲から、小雪が舞っていた。赤煉瓦の壁もうっすらと白い。道路を挟んだ向かい側に、早枝子が立っている。

執行はよれよれのシャツのまま、早枝子と睨み合った。

「……早枝子」

「私の勝ちね。健作」

早枝子は赤い唇《くちびる》で微笑した。

「夢は、終わったのよ」

早枝子が近づいてくる。契約書を受け取ろうとした、そのときだった。

ぱん、と何かが弾《はじ》けるような音があがり、煉瓦壁に響いた。

早枝子の体が、ハイヒールが折れたとでもいうように、ぐら、とよろめき、そのまま前のめりに倒れ込んだ。執行が咄嗟《とっさ》に腕で受け止めなければ、頭部を強打していただろう。抱き留めた早枝子の背中から、赤い染みが広がるのを、執行は見た。

スーツに小さな丸い穴が開いている。そこから血が溢《あふ》れ出てくる。

「なんだこれは！　早枝子……おい、早枝子！　早枝子ォォッ！」

(撃たれた)

立て続けに銃声が響いた。看板が割れ、ネオンサインも割れた。景虎が弾かれたように飛び出していって、すぐにふたりを店に引きずり戻した。

「社長！　大丈夫ですか！」

執行は脚《あし》を撃たれていた。が、動脈を破っていないと確認すると、すぐに早枝子への応急処置に取りかかり、

「俺はいい！　それより救急車だ！　救急車を呼んでこい！」

すぐにタオルを持ってきて止血を始めた。一刻を争う。景虎は裏口から飛び出していって、勝長たちが待機している雀荘に駆け込んだ。

「すぐに来てください。怪我人が！」

「なんだと」

勝長は医師だ。坂口たちに救急通報を頼むと、景虎とともに店に入った。

「銃創《じゅうそう》か。肺の傷で血気胸《けっききょう》を起こしてる。ドレナージだ。待ってろ！」

持ち込んだカバンには、応急処置用の医療具が入っている。すぐに処置を始める勝長の隣で、執行は早枝子の名を呼び続ける。意識がない。

「死ぬな、おい早枝子！　早枝子……！」

景虎は時計を睨みつけた。予告された爆破時刻まで、あと二時間。早枝子を消そうとしたのは、爆破を完遂《かんすい》させるためだ。首謀者《しゅぼうしゃ》は、初めから取り引きなどするつもりはなかった。真の目的は、電車転覆だ。レガーロは利用されただけだ。

（許さない）

「後のことはオレが……！　社長は早枝子さんを！」

第七章　スワロウテイル

直江《なおえ》が新橋《しんばし》に戻ってきたのは夜七時過ぎだった。その足でレガーロに向かい、事件を知った。店にはマリーも戻ってきている。早枝子《さえこ》は病院に運ばれた。勝長《かつなが》と執行《しぎょう》が付き添った。爆破予告の時間まであと一時間を切っている。

「！　……景虎《かげとら》様、そのアザは！」

すぐに気づいた。景虎の首にくっきりと浮かぶプウジャのアザだ。すでに呪詛《じゅそ》の虜《とりこ》となっていると知り、直江は青ざめた。——呪詛を受けた者は、二十四日目に必ず死ぬ。

「そんなことはいい。それより爆発物だ。あといくらもない。だが爆発物が見つからない」

「予告時間は」

「八時五分」

「五分？　いやに中途半端ですね」

「ああ。高架橋にも爆発物が仕掛けられた形跡はない。空から爆弾でも落とすつもりか」

直江が手帳をとりだした。新橋駅の時刻表だ。レガーロ通いのためにメモしていた。

「新橋から有楽町《ゆうらくちょう》に向かう電車は八時四分発があります。有楽町までの所要時間は約二分。ここはほぼ中間地点だから、上を通るのは八時五分になります。この電車を狙《ねら》っているのでは」

「誰か標的が乗っているとでも？」

「というより、爆発物を仕掛けてあるのは、電車本体なのではありませんか。電車そのものが時限爆弾だと思えば、予告通りの時間に、ここも吹き飛びます」

「そうか、逆か！　その電車はいまどこを走ってる」

直江はメモ帳に逆算したダイヤを書き出した。だてに毎日乗っていたわけではない。おおよその所要時間から割り出す。

「今は……まだ大塚《おおつか》あたりですね。山手線《やまのてせん》は環状線ですから、今から外回りに乗れば、その電車を恵比寿《えびす》か目黒《めぐろ》あたりで捕まえられます。乗客を降ろすのが先です。ここは警察に任せたほうが」

「とっくに何度も知らせているが、警察にも国鉄にもどういうわけか相手にされない。何かが裏で手を回してるとしか思えない」

「だったら奥の手よ。架線を切断してでも止めてやるわ。こんなことでレガーロを吹っ飛ばされてたまるもんですか」

青木《あおき》から、執行が遥香《はるか》を使わないと決断していたことを聞いて、目が覚めたマリーだ。遥香に萎縮《いしゅく》して逃げるように移籍を決めた自分が、心底情けなく思っていた。

「きっとレガーロを捨てた罰《ばち》が当たったんだわ。このステージは私の生きる場所なのに。遥香さんに負けるのが怖くて逃げ出すなんて……っ。音楽の神様が怒ったのよ。私への天罰だわ」

「違う、晴家《はるいえ》。神様なんかじゃない」

景虎は冷静だった。

「どちらにせよ最悪なのは、乗客がいる状態で爆破されることだ。おそらく爆発物を手荷物か何かの形で持ち込んでいる。網棚《あみだな》に乗せてしまえば車庫入りするまではずっと発見されずに乗ってるわけだからな。ぎりぎりに乗せるとしても、いま電車を押さえてしまえば、間に合う。どんな手を使ってもいいから、該当《がいとう》の電車から客を全員降ろせ。行ってくれ、直江。晴家」

御意《ぎょい》！　と答えた。去り際に、直江が庄司《しょうじ》から託《たく》された「神除《よ》けの鈴」を景虎に渡した。

「プウジャの力を弱められる鈴です。これを鳴らせば、呪詛の力を弱められます。プウジャの正体は、早枝子さんの夫です。戦地で死んで、プウジャになっていました」

「夫は生きてたんじゃないのか」

「詳しい事情は後ほど。今は早枝子さんに使役《しえき》されてるようです。精霊と怨霊《おんりょう》を分離できれば、呪詛は消えるはず。そして、例の戦国の怨霊は、内ケ島《うちがしま》一族です。帰雲城《かえりくもじょう》の」

景虎はその名を聞いて瞬時に理解した。そうか。天正《てんしょう》地震で埋もれた幻《まぼろし》の城の一族だ。

「青木家は家臣生き残り、早枝子さんはそれを祀《まつ》る神官の娘です。気を付けてください」

言い残して、直江は店をあとにした。

晴家とともに駅に向かった。外回り（渋谷《しぶや》方面行き）の電車に乗りこみ、メモを睨《にら》みながら該当電車を恵比寿駅で摑《つか》まえた。すぐに乗り換えた。折り返しだ。新橋に向かう電車だ。

車内は会社帰りのサラリーマンや学生で、そこそこ混んでいる。あまり時間がない。直江と晴家が持ち込んだのは、舞台用の簡易《かんい》スモークだ。煙のようなものが出せる仕掛けになっている。ドアのそばに立ったふたりはさりげなく足許《あしもと》に装置を置き、タイミングを見計らって作動させた。途端にもくもくと煙が出てきた。同時に晴家が甲高《かんだか》い悲鳴をあげた。

「きゃあああ！　火事よ！」

直江も叫んだ。「おい、モーターが発火してるぞ！」

「火事よ！　火事よ！　爆発するわ、みんな逃げて！」

途端に騒然となった。乗客たちが次々と席から立ち、隣の車両へと我も我もと逃げていく。煙はあっという間に充満して視界を遮《さえぎ》った。パニックが全車両に広がった頃、電車は隣の目黒駅に滑り込んだ。乗客は口々に「火事だ！」と叫び、車内から飛び出していく。

報《しら》せを聞きつけて、駅員と乗務員が駆けつけた。すかさず「爆発物が仕掛けられています。警察と消防車を呼んでください！」と直江が訴えた。充満している煙を見て、駅員はさすがに信じたのだろう。すぐに通報しに走った。

「爆発物です！　下がって！　全員ここから避難してください……！」

乗客はホームから逃げていく。直江とマリーは、目と目を合わせてうなずいた。これで乗客は避難させた。少なくとも巻き込まずに済んだ。駆けつけてきた警察官に直江は伝えた。

「爆発物は八時五分に爆発します！　処理が間に合わない時は、とにかく退避を！」

そう伝えてマリーと一緒に人混みにまぎれた。駅前も大混乱に陥《おちい》っている。それにまぎれて、タクシーに乗り込んだ。

「これで止められたかしら」

「ああ。あとは警察に任せよう。騒ぎが他の電車にも伝われば、反対側の電車も止……」

反対側？　と直江が目を瞠《みは》った。慌《あわ》てて新橋駅の時刻表を取りだした。

「……まずい。八時六分発がある」

「どうしたの。八時六分なら関係ないじゃない」

「違う。有楽町方面行きじゃないと思って反対側を見落とした。まさか二本あるとは思わなかったんだ。品川《しながわ》方面行きの京浜東北《けいひんとうほく》線。新橋発八時六分、ということは前の駅の有楽町は八時四分発だ。つまりレガーロの上を通過するのは、同じ八時五分」

「なんですって！　つまり、二本の電車が交差する時間だったたっていうの！」

「狙いはそれだ！　同時にふたつの電車をレガーロの真上で……」

二本の電車がすれ違い様に、同時に爆発を起こす。脱線転覆《てんぷく》事故どころじゃない。下手《へた》をすれば電車が高架を突き破って、外にまで暴走するかもしれない。大惨事《だいさんじ》どころじゃない。

レガーロの真上で交差する。それが「八時五分」の意味だったのだ。

「でも今の騒ぎで、全部止まってるかも！」

「いや、止まってるのは山手線だけだ。爆弾電車を足止めしたのは目黒だし、京浜東北線には影響が出ないから動いてる。乗客は車内だ。まずい」

　二本同時爆発の最悪の事態はなくなったとしても、もう一本の電車には乗客がたくさん乗ったままだ。すぐに降ろさなければ、多数の死傷者が出る。

「運転手さん、一番近い駅に行ってください！」

「もうあと十分しかないわ！」

「なら電話だ！　駅に直接電話する。爆破予告して乗客を全員降ろす！」

　ちょうど交番が目に入った。車を停《と》めさせて交番に飛び込んだ。血相《けっそう》を変えて飛び込んできた若者に、警官は驚いたが、その口から訴えてきた言葉にさらに度肝《どぎも》を抜かれた。

「いま東京方面から新橋に向かってる京浜東北線を全て最寄り駅で止めてください！　爆発物が仕掛けられています！　乗客をすぐに降ろして……！」

＊

　赤煉瓦《あかれんが》の高架橋は、静まり返っていた。

　山手線が全線でストップしたおかげで、通過する電車はなくなっていた。

景虎は高架の上にあがっていた。信号は赤になっている。奥の信号も全て赤に変わった。

線路上には風が吹いている。まるで川風のようだ。

有楽町方面から、遠くに電車のライトが見えた。京浜東北線だった。こちらに近づいてくる。

赤信号なのに、運転手は気づいていないのか、いっこうにブレーキをかける気配はない。運転手は気絶していた。運転台に突っ伏したままだ。マスコンは加速状態のままになっている。

景虎は電車に立ちはだかるように、線路の真ん中に立った。

電車が近付いてくる。いつもよりも速度がある。

景虎は静かに目を閉じて、力を溜めていたが、ふっと目をあけると、もう数百メートル前に迫った電車めがけて、右手を差し出した。ががっと鈍い音があがり、パンタグラフが次々と落ちた。電力供給が止まった。そのまま慣性で突っ込んでくる。

目に力をこめると、ありったけの念動力で電車を正面から受け止めた。車輪が火花をあげた。

景虎は歯を食いしばり、さらに念を振り絞った。巨大な車体はもう目前まで迫っている。

彼から発せられる念で、フロントガラスが砕けた。先頭部分がぼこぼことへこみ、とうとう景虎を押し潰《つぶ》そうとした。……その寸前で、車輪が止まった。

電車は、完全に止まった。

下にレガーロがあるアーチの手前だった。

該当電車は赤信号を無視して数駅飛ばしてきたため、まだ爆破時間には一分弱の余裕がある。

すぐに乗り込んで乗客を降ろそうとした景虎は、車内に入った途端、息を呑《の》んだ。

乗客がいない。ひとりも。

混んでいる時間のはずなのに、ただのひとりも乗っていない。

呆然《ぼうぜん》としていると、連結部の扉が開いて隣の車両から人影が現れた。車掌《しゃしょう》の制服を着ている。

そこにいたのは、宮路《みやじ》だ。

カメラマンの宮路良《りょう》だった。

「おまえ……っ」

「あんまり遅かったから、勝手にやっちまったぜ」

手には、ダイナマイトの束を持っている。

時限爆弾だ。

「まさか……」

だが――。

すでに線は切られている。時計の針は、八時で止まっていた。

景虎は深く、息をついた。

「……なんで連絡をしてこなかった。長秀《ながひで》」

宮路良――原名《もとのな》は、安田《やすだ》長秀。

上杉夜叉衆《うえすぎやしゃしゅう》の一員だった。

「この電車に仕掛けられてるって、いつ気づいた」

「一時間ほど前かな。乗客は全員、上野《うえの》駅で降ろした。車掌とすり替わってアナウンスを入れた。この車両は故障につき回送電車になります。ご乗車にはなれませんってな。あとはドアしめっぱなしで乗せなかった。こいつは網棚の忘れ物だ。カバンに入ってた」

「危ないところだったたな」

「いや、本当に危ないのは、これからららしいぜ」

長秀の言葉を聞いて、景虎は振り返った。

運転席の扉の前に、少女が立っている。

「――遥香……っ」

なぜこんなところに、と言おうとして、息を呑んだ。

(憑依《ひょうい》されてる……？　まさか！)

問答無用で遥香が念を撃《う》ち込んできた。景虎と長秀は《護身波《ごしんは》》で弾《はじ》き返した。遥香はなおも念を撃ち込む。窓ガラスが次々と割れる。たまらず、ふたりは線路に飛び降りた。

「やめろ、遥香！　……ぐっ！」

《護身波》で受け止めきれず、景虎は吹っ飛ばされて線路上を転がった。凄《すさ》まじい力だ。

「おい、見ろ、景虎」

「あれは！」

遥香の背後に巨大な霊影が見える。戦国時代の怨霊たちがひとつに集まって具象化《ぐしようか》したものだ。早枝子に憑《つ》いていたものとよく似ている。

「内ヶ島一族……。なんで遥香に」

「様子が変だ。よく見ろ」

その姿はただの集合霊の具現化ではない。蓑《みの》を纏《まと》い、シダの帽子を被《かぶ》った赤い怪物と化していく。指が六本ある。それはニューギニアの精霊と死霊との合体した土俗神《どぞく》……。

「プウジャ……いや、遥香の父親、か！」

正確には血の繋《つな》がりはない。だが本人――征春《ゆきはる》自身は気づいていないのかもしれない。

遥香は父親を憑依させたまま、容赦《ようしや》なく景虎と長秀へと攻撃を加えてくる。猛烈《もうれつ》な力だ。上杉夜叉衆のツートップである景虎たちですら、防戦一方で反撃もろくにできない。

「おい、なんで俺たち攻撃されなきゃなんねーのよ！」

「わからん。プウジャは早枝子に使役されてたはずだが！」

早枝子が撃たれて意識喪失《そうしつ》したせいで、夫の霊が使役から離れたのか。そして娘に憑依したと……？

（いや。早枝子は内ヶ島一族の神官の娘。怨霊を神と祀る。つまりこれは）

プウジャになった父親が、さらに内ヶ島一族の霊もとりこんで合着してしまっている。

三位一体《さんみいったい》だ。ニューギニアの精霊と征春の霊と内ヶ島一族の霊。さらに巨大なプウジャとなってしまったにちがいない。それを媒介《ばいかい》しているのが、遥香だ。

「うお！」

猛攻が始まった。バラストが巻き上げられ、ボルトが外れ、レールが浮き、巻き上げられたバラストが無数の礫《つぶて》となって景虎たちを襲《おそ》う。息もできない。

「よせ！　なぜオレたちを攻撃するんだ、遥香あああっ！」

遥香は凶暴そうに目を見開き、徹底的に攻撃を加えてくる。架線が切れて凧《たこ》の糸のようにあおられる。二手に分かれて時間差攻撃を試みようとしたが、ふたりの動きは全て捉《とら》えられているのか、まったく隙《すき》がない。何度か直撃をくらって、高架の壁に叩《たた》きつけられた。すると、今度は遥香の手から炎が噴《ふ》き出した。一瞬あたりがカッと明るく照らし出された。

「くそ……っ、おい、ダイナマイトに着火させるな！　爆発するぞ！」

「わかってる！」

長秀は胸にダイナマイトを抱いたまま応戦する。だが、遥香は寄せつけない。プウジャに守られている。

「長秀……！　プウジャを《調伏《ちょうぶく》》するぞ！　……ぐ！」

景虎の首にできた赤いアザが、灼熱《しゃくねつ》のようになって喉《のど》を締め上げる。「景虎！」と長秀が叫んだ。苦悶《くもん》する景虎をかばうようにして長秀は攻撃に転じるが、相手は内ヶ島一族を呑み込んだプウジャだ。たちまち防戦に引き戻されてしまう。

「……くっそ、呑み込んだ怨霊の数が多すぎる！　やつらを吐き出させないことには！」

「――……スナ……」

「なに」

「オレノ……カゾクニ……手ヲ……ダスナ……！」

（遥香じゃない）

今のは父親のほうだ。征春が表に出てきている。遥香の口を借りて征春が叫んだ。

「――俺ノ家族ニ、手ヲ、出スナアアアッ！」

猛烈《もうれつ》な念が衝撃波《しょうげきは》になってまともに襲いかかってきた。《護身波》で防御し、どうにか踏ん張って耐えた。景虎も呪詛に抗《あらが》いながら歯を食いしばって攻撃を防ぐ。そうか。景虎にはようやく読めた。早枝子が撃たれて意識を消失したために、使役の縄《なわ》が切れたに違いない。それで拠《よ》り所《どころ》を遥香に求めたのか。

（家族を守るため。彼がプウジャになった本当の理由は、それか！）

「〃《バイ》〃！」

長秀が外縛《げばく》を試みたが、見事に跳ね返された。

「くっそ、このままじゃラチがあかねえ。だったら」

代わりに生みだしたのは毘沙門弓《びしゃもんきゅう》だ。矢を射放った。が、これも跳ね返された。

「長秀、今の状態で攻撃しても駄目《だめ》だ！　連中、ただの怨霊じゃない。精霊と合体した特殊霊だ！」

「じゃ、どーすんだよ！」

景虎はハッと思いついた。ポケットに入れたままになっていた鈴。ガムランボールによく似た鉄玉の鈴だ。直江から預かったものだ。鳴らせば、プウジャの力を削ることができる。

咄嗟《とっさ》に取りだして掌《てのひら》の中で大きく振った。ぐわらん、ぐわらん、と何とも不可思議な余韻《よいん》を残して響《ひび》き渡る。すると、プウジャに異変が起きた。音の波動が効いたのか、何か嫌がるような仕草《しぐさ》を見せ始めた。力も不安定になってきた。

「よし、このまま鳴らし続けるから、もう一度、毘沙門弓を射れ！」

「おう！」

やめて！　と遥香が叫んだ。

矢をつがえかけた長秀がハッとして手を止めた。今のは征春ではない。

「お願い、やめてよ！　お父さんを！」

遥香だ。苦悶しながら身を引き絞るようにして叫んだ。

「私のお父さんをいじめないで！」

(気づいてたのか……っ)

ぐわらああん……と一際大きく鈴が鳴った。まるで巨大な梵鐘《ぼんしょう》のように、音が衝撃波となって広がった。

「射ろ、長秀！」

景虎に促《うなが》され、長秀は再び矢をつがえると、今度は迷いなく、遥香めがけて射放った。毘沙門矢は光の尾を引いて遥香の胸を貫《つらぬ》いた。赤い怪物の霊影が一際大きく膨《ふく》れ上がったかと思うと、全身に細かいプラズマのようなものが走り、しゃぼんが割れるように弾けた。

怨霊の群れが解き放たれた。その奥に残されていたのは、兵隊の格好をした若い男だった。

青木征春の霊だ。プウジャの正体だった。

「〃《バイ》〃！」

景虎と長秀は同時に印を結んだ。精霊の鎧《よろい》を引き剝《は》がされた征春の怨霊は、あえなく外縛されてしまう。

「のうまくさまんだ　ぼだなん　ばいしらまんだや　そわか……！　南無《なむ》刀八《とばつ》毘沙門天！」

「やめて！　お父さんを消さないで！」

遥香が景虎の腕にすがりついて止めた。

「私を守ってくれてるの。それだけなの……！」

景虎は驚いた。遥香は死者《プウジャ》が征春だと気づいていた。父親はすでに死んでいると。実家にいたのは別人だということも気づいていたのか。遥香は父親の顔を知らない。征春は遥香が胎内《たいない》にいる時に出征《しゅっせい》した。だが、それでもわかるのか。彼が「父」だと。

「お父さんを消さないで！」

景虎は遥香の気持ちを受け止めるように、深くうなずいてみせた。わかっているよ、と。

「……ならば、お父さんを安心させて、あの世に帰してあげよう」

遥香は目を瞠った。

歌ってごらん、と景虎は言った。

「君がしっかり生きていけることを歌で伝えるんだ。お父さんが安らかに眠れるように。力いっぱい、聴かせてあげるんだ。君の歌声を！」

遥香には征春の霊体はぼんやりとしか見えない。声しか聞こえず、気配しか感じ取れない。だが深くうなずくと、おもむろに歌い始めた。

『愛の讃歌《さんか》』だ。

透《す》き通るような遥香の美しい声が、高架上に響き渡る。愛される喜びを謳《うた》う歌だ。死に分かたれようが、決して離れないと誓う、強い恋人たちの歌だ。それは遥香が幼い頃、ラジオで聴いた歌だった。その曲が流れるたび、母がラジオの前で涙を流していた歌だった。

強力に外縛されたまま、征春はじっと耳を傾けているようだった。戦地で非業《ひごう》の死を遂《と》げ、怨霊《ブウジャ》になった。無念と執念に満ちて歪んでいた表情が、だが徐々に和《やわ》らいでいく。征春に歌詞の意味はわからなかっただろうが、健《すこ》やかな「娘」の声を降り注《そそ》ぐ光のように浴びているうちに、その魂《たましい》に澱《おり》のごとく凝《こご》った念が次第に溶けていく。いつしか目を閉じている。

景虎と長秀も頃合いと感じた。調伏力は、張力限界にまで達していた。愛を歌い上げる遥香の声が高らかに響く中、その中で恍惚《こうこつ》と浸《ひた》る征春に向けて、力を開放した。

「《調伏》」

炸裂《さくれつ》した光が、喝采《かっさい》のように征春の霊を包み込んでいく。

まるで遥香の歌に天へとあげられていくかのようだ。清らかな光で包まれる。

——遥香……。

征春の思念が残響のように広がった。——ありがとう、と。

——しあわせに。……しあわせにおなり。

征春は安らかな表情で、光の渦《うず》に身を任せていった。

ボリュームが落ちていくレコードのように、高架上に再び、闇《やみ》が戻ってきた。赤信号が灯《とも》っている。遥香の歌声はいつしか嗚咽《おえつ》に変わっていた。

景虎の首のアザも消えている。

長秀は深く溜息《ためいき》をついた。征春を送ることはできたが……。

「ついでに内ヶ島一族まで解放しちまったぜ。せっかくプウジャに取り込まれて、まとめて仕留めるチャンスだったのに。なんで結界《けっかい》調伏で一網打尽《いちもうだじん》にしなかったんだよ」

「結界調伏をしてしまったら、遥香の歌をあのひとに聴かせられなかった。それにあのひとを送り出したのはオレたちじゃない」

遥香だ、と景虎は言った。

長秀はチッと舌打《したう》ちした。「だから、てめえは甘《あめ》えって言ってんだよ」

だが征春には必要だったのだ。遥香からの「お父さん」という一言が。

家族を守るために霊になってまで故郷に戻ってきた征春だ。それで迷える気持ちが晴れたなら――たとえ事実がどうであれ――救われたに違いない。

「……プウジャは解体されたぞ。それでもまだ、オレたちとやる気か」

景虎が振り返ると、新橋側の線路の向こう、赤信号のもとに佇《たたず》んでいる男がいる。背の高い、外国人だ。ウェーブヘアの。一度会ったことがある。

阿津田《あつだ》商事のジェイムス・ハンドウ――こと、森蘭丸《もりらんまる》だった。

長い髪を風に靡《なび》かせながら、蘭丸は冷ややかにこちらを見ていた。

「駆けつけるのが、少し遅かったようですな。残念です。実に残念だ」

「貴重《きちょう》なプウジャを、内ヶ島一族と合体させて織田《おだ》の使役霊にするつもりだったんだろう。あいにくだったな。おまえたちの目的はなんだ。どうして早枝子さんを撃った」

景虎は全身から静かな怒りの炎を燃え立たせている。

「何のために電車爆破なんて……」

「答える義理もないでしょう。まんまと邪魔《じゃま》をしておいて、相変わらず図々《ずうずう》しい男だ」

「なんなら力ずくで言わせてやろうか」

景虎と長秀が再び構えると、蘭丸はあしらうように鼻を鳴らした。

「……あいにくだが、ここで電車を爆破しろと命じたのは、信長公《のぶなが》だ」

なんだって！　と景虎は叫んだ。

「朽木《くちき》が……？　朽木が命令したっていうのか！　馬鹿《ばか》な」

他でもない、朽木が「レガーロの上でやれ」と言ったのか。あの朽木が？

「嘘《うそ》をつくな……！　あの朽木がレガーロを破壊しろなんて、言うはずがない！」

「あの方は、我が主《あるじ》・織田信長公」

景虎は喉元に刃をつきつけられた心地《ここち》がした。蘭丸は冷ややかな眼で言った。

「信長公はすこぶる不興とのべておられる。不快な記憶を生みだした店を焼き払え、吹き飛ばせ、との御命令だ」

（……ばかな……）

景虎には信じられない。

蘭丸は鼻で笑った。

「まあいい。あの女が奥飛驒《おくひだ》から連れてきた内ヶ島一族は、我々が大事に使ってやるとしよう。この借りはいずれきっちり返すといたそう。また改めて挨拶《あいさつ》に来ますよ。景虎殿。それと……安田長秀殿」

駅のほうからカンテラの明かりが近づいてくるのが見えてきた。国鉄職員と警察官が駆けつけたのだ。蘭丸は去っていった。暴走電車は停止したままだ。まもなく現場は騒然となった。

小雪がレールにうっすらと積もっていく。

高架上からは、ビルの谷間に銀座《ぎんざ》のネオンがいやにまぶしく瞬《またた》いて見えた。

＊

蘭丸に撃たれて運ばれた早枝子は、勝長《かつなが》が勤務する虎ノ門の病院で懸命《けんめい》の治療を受け、どうにか一命を取り留めた。

意識を取り戻したのは、事件から二日後のことだった。病院にはずっと執行が付き添っていた。娘の遥香も祈るように快復を待ち続けていた。

景虎と直江とマリーの三人が、ようやく早枝子との面会がかなったのは、さらに一週間後のことだった。ベッドの上の早枝子は話ができるまでに快復していた。

「……もうしばらく入院は必要だが、順調にいけば、リハビリもして一カ月くらいで家に戻れるよ」

主治医でもある勝長が、白衣姿で容態《ようだい》を説明した。さすが戦場では弾創《だんそう》も多く扱ってきた勝長だけある。早枝子は運がよかった。

化粧もしていない早枝子からは、あのギラギラしたオーラはなくなっていたが、憑き物が落ちたのか、落ち着いた表情だった。その右肩からは腫《は》れも消えていた。内ヶ島一族の霊に守られていた彼女から、霊の影響が取り除《のぞ》かれたためだ。プウジャの呪《のろ》いを用いれば用いるほど、彼らまで活性化させてしまったのだろう。肩の腫れはその証拠だった。

直江が白川《しらかわ》の青木家を訪れたことを打ち明けると、驚いて、早枝子は激しく動揺した。

「あのひとに会ってしまったの……?」

「はい。全て聞きました。プウジャとなった征春さんのことも」

景虎とマリーも、一連の経緯をすでに聞かされていた。早枝子は狼狽《ろうばい》していたが、観念したのか。やつれた頬《ほお》で「そう。あのひとはみんなあなたに話したのね」と深く溜息をついた。

「経緯は全て彼の打ち明けた通りです。あのひとは私の本当の夫ではありません。別人だと承知で、よその者には隠して、あのひとと暮らしていました」

執行は初耳だった。「どういうことだ」と尋《たず》ねてきたので、彼女の口から打ち明けた。

「……ですが、庄司《しょうじ》さんは早枝子さんに感謝してました」

「はい。でも何年もそうして暮らしているうちに、私の心が耐えられなくなった。跡継ぎなんて、できやしなかった。何をしても、ただ虚《むな》しいだけでした。戦死した夫の供養《くよう》もろくにできず、戒名《かいみょう》すら付けられず。その死が肉親の間でなかったことにさせられるのは、違和感しかなかった。苦痛でした。でも心のどこかでは、征春さんが亡くなってホッとしていたんです。遥香の本当の父親が誰か、ばれずに済んだ……。そんな自分がいたたまれなく、恥ずかしく……。

墓前に手を合わせて許しを請《こ》うこともできず、胸に抱えこんでいなければならないのが、本当に苦しかった」

直江たちは黙って聞いている。執行も沈痛《ちんつう》そうだった。

「合掌造《がっしょうづく》りの屋根裏に閉じこめられるようにして生きているあのひとを見ているうちに、私は自分自身の姿を重ねるようになりました。あの家から逃げ出したかった。欺瞞《ぎまん》だらけの家から、逃げ出してしまいたかった。そんなある日、昔の知り合いから銀座に働き口があると聞きました。私はいてもたってもいられず、出稼ぎを口実に娘を連れて東京に出て来たんです。若い頃から生きてきた街です。うまくやっていけると信じてました。やっと本来の自分に戻った気がした。でも私が知っていた銀座は、もうあの頃の銀座じゃなくなっていた。私の名前なんかじゃ、もう誰も振り向いてくれない。私はようやく現実に気づいて、自分がなくしたものを理解したんです。孤独のあまり暗澹《あんたん》としていました。そんな私のもとにアレが現れました」

「プウジャ……ですか」

「はい。彼は、私の夢に出てきて言いました。『僕を使え』『僕が君と遥香を守る』と。私がアレに願うと、不思議と私に嫌がらせをしていた人が不幸になりました。守られていると感じた。私はそれを奥飛驒の山神だと信じていました」

早枝子もまさか「山神」が、自分の夫の霊だとは気づいていなかったのだ。

そんな中、早枝子の耳に執行の噂《うわさ》が届いた。

復員《ふくいん》した後、「レガーロ」という店で、新人歌手を育てていると。

「それを聞いた時、私は怒りを抑《おさ》えきれなくなりました。私はひとり欺瞞にまみれ、故郷でもこの街でも、肩身が狭くみじめな想いで這《は》い蹲《つくば》りながら生きてきたのに、あなただけがのうのうと、あの頃の夢の続きを追っているなんて……。許せなかった。卑怯《ひきょう》だと思いました。嫉妬もあったと思います。なにより、あなたが私なしで、夢を追っているのが、許せなかった」

執行はつらそうに目を瞑《つむ》った。

早枝子のしぼりだすような吐露《とろ》は続いた。

「あなたに対抗するために芸能事務所を立ち上げた。山神がついてる私は無敵だと感じていた。あらゆるコネを使って大進興業《だいしんこうぎょう》の後ろ盾《だて》を得ることもできた。手段は選びませんでした。私は、あなたから全てを奪ってやろうと思った」

毛布を握る早枝子の手に、涙が落ちた。

「だって、私はあなたが生きて還《かえ》ってたことすら知らなかったのよ！　あんなに愛していたのに！　ずっとあなたを恨んでいたわ。あなたがあの時、一言『待っていてくれ』って言ってくれたなら、私はひとりでもずっと待っていたのに……！　たとえあなたが戦死しても、あの頃の思い出を胸に、あなただけ想って生きていられたのに……。私は、あなたが育てた最後の歌手でいたかった。あなたの手で蝶《ちょう》になったの。きれいな花畑をいくら飛んでも、私の花はあなただけ。だけど私はもう飛べない。羽なんかとうにちぎれたもの。芋虫《いもむし》みたいな体で、愛の歌なんて滑稽《こっけい》だわ。あなたの手から飛び立つ若い蝶なんて見たくなかった……！　だから遥香を歌手にしようと思ったのよ。あなたに育てさせようと思ったの。『南《みなみ》早枝子』の代わりに！」

マリーは唇《くちびる》を噛《か》みしめた。執行はただ、ただ、詫《わ》びるようにうなだれている。

自分の〝破れた夢〟の続きを叶《かな》えさせるため、などではない。

ただ、育てさせたかったのだ。ふたりの間に生まれた子供を。

「……もう一度……ふたりで〝夢〟を見たかったの……」

遥香という〝夢〟を。

でも、それは――。

「あのひとにとっては〝裏切りの夢〟……でしかないのよね」

撃たれた早枝子をプウジャが守らなかったのは、そのせいだったのかもしれない。

執行を破滅させるために呪ったのは、征春自身が望んだからかもしれない。

「気づいたの……。気づいてしまったわ。私には、二度と夢を見る資格なんてない、と……」

早枝子はそれきり声を詰まらせた。嗚咽をこらえる肩が震えていた。

執行がその肩に手を置いた。苦しい表情をしている。かける言葉が見つからないのか、ただその手に力をこめることしかできずにいる。

早枝子に、プウジャの鈴を差し出したのは、景虎だった。

これは？　というように早枝子が見上げた。

「庄司さんから……。征春さんは、おそらくあなたたち母子を守るために還ってきたんです。まだ顔も見ぬ娘に会うために。遥香から父と呼ばれて、彼は満足していましたよ……」

「……………」

「彼は遥香さんの父親でした。父親として逝《い》けたことに、救われていました」

わたしは……、と早枝子は口を押さえた。

掌に鈴を受け取って、涙を溜《た》めた瞳《ひとみ》を見開くと、たまらず泣き崩れた。

「……ごめんなさい、あなた……。あなた……！」

病室には、早枝子の嗚咽が響いていた。

窓の外には、晴れた空が広がる。鳥のさえずりが聞こえる。

春の陽差《ひざ》しを感じる、穏やかな空だった。


病室を出ると、廊下の長椅子《ながいす》には遥香と宮路――こと長秀がいた。「よう」と長秀は手を挙げた。

「おまえか。早枝子さんに何か用か」

「オーディション写真ができたから、早枝子女史に見せようと思って持ってきたんだけど、もういらねえかな。どうしたらいい？」

「……………。それは、遥香さんが自分で決めればいいんじゃないかな」

景虎が遥香に問いかけた。「どうする？　受けるかい？」

遥香は首を横に振った。

「映画は、母に言われて受けようとしてただけですから」

早枝子は事務所を畳《たた》むと言っている。レガーロの皆に迷惑をかけた責めを負ってのことだった。遥香自身、もともと女優業には興味がなかったという。でも、と言い、

「レガーロのステージに立ちたいです。私を歌手として雇ってくれませんか。執行さん」

これには執行もびっくりした。遥香は本気だった。自分が執行の子だというのは、まだ聞かされていないようだった。それでも遥香がレガーロを選んだのには、わけがある。ナッツとの約束があった。なにより、そこは彼女が育てられた音楽の溢《あふ》れる空間だったのだ。

「私は、母の夢のために無理矢理歌わされてると思っていました。でも、そうじゃなかった。お父さんの前で歌った時、本当にしあわせだと感じたんです。歌を歌ってきてよかったたって、心から。だから歌わせてください。お父さんのために歌えた、この場所で」

執行は瞳を和らげ、苦笑いをすると「もちろんだ」と答えた。断る理由はなかった。

「――……だが、南早枝子を越える歌手になるって約束しなきゃ、立たせない。何年かかるかわからないぞ。がんばれるか」

「はい」

景虎がいじわるをするようにマリーを見た。

「……うちのお局《つぼね》歌姫が、拗《す》ねて、また出ていかなきゃいいけど」

「失礼ね。誰がお局よ」

マリーは遥香の前に進み出た。手を差し出した。

「あなたのおかげで、私、自分がプロとして何を目指すべきなのか。考えることができたわ。負けないわよ。遥香」

「マリーさん」

歌姫ふたりはがっちりと握手をかわした。

執行と景虎は、顔を見合わせて微笑《ほほえ》んだ。

*

「しかし、長秀があんなところでアイドル相手のカメラマンをやっているなんて……」

病院からの帰り、長秀の車に乗り込んだ直江は、辟易《へきえき》した顔で肩を竦《すく》めた。助手席にいる景虎がフロントガラスの向こうを眺めながら、言った。

「岐阜日報《ぎふにっぽう》の滝田《たきた》経由で紹介させた。内情を探るには業界人のほうが動きやすいからな」

「私はヌード写真まで撮られかけたんですけどね」

「ははは。なかなかお似合いだったぜ。直江。あれなら合格間違いなしだったのに」

ハンドルを握る長秀は、言いたい放題だ。やめてくれ、と直江は本気で嫌がっている。これにはさすがの景虎も失笑を禁じえなかった。マリーも面白《おもしろ》がって、

「サインでももらっとこうかしら。幻《まぼろし》の銀幕スターさん」

「本当にやめてくれ」

景虎が笑みを消して、表情をまた険《けわ》しくさせた。

「しかし蘭丸の言ったことは……本当なんだろうか」

「しんちゃんが全部命令したっていう話？」

マリーが心配そうに後ろから声をかけた。「ああ」と景虎はうなずき、

「あの朽木が……。レガーロの破壊を命じるなんて」

景虎にはいまだに信じられないのだ。本当だとしたら、信長としての記憶を取り戻しているということだ。だが、たとえ取り戻しているとしても、レガーロで過ごした記憶は、特別なものとして存在すると信じたかった。

直江が口を開きかけた。その前に長秀が、

「いつまで甘ったれたこと言ってんだよ」

直江の反発を代弁した。

「まったく、おまえら現実から目ぇそらしてるだけだろう。朽木とか、しんちゃんとか呼ぶんじゃねえよ。信長は信長だろ。期待したところで、ばっさり裏切られるのがオチだよ。いい加

滅捨てろ。仲間意識なんて、まやかしだ。あっちはつけ込んでくるかもしれねーぞ」

「……。おまえにはわからないさ」

景虎はニヒルに自嘲《じちょう》して、煙草《たばこ》をくわえた。

「あいつと過ごした時間が。おまえには……」

直江が、じっと見つめている。

朽木を想う景虎の横顔は、沈鬱《ちんうつ》だった。

＊

その後、早枝子は遥香を執行に預けると、白川郷《しらかわごう》に戻っていった。庄司と話し合い、征春に戒名をつけて供養し、今までのことを精算するつもりだと彼女は言っていた。

アオプロの業務は、執行の友人の芸能プロが引き受けることになった。早枝子が戻るかどうかはわからないが、その時は大進興業も阿津田商事とも関わりないところで、仕事をすることになるだろう。執行はそんな早枝子を支えていくことになりそうだ。

直江と景虎は、新橋駅日比谷口《ひびや》の広場にいた。

「なにはともあれ、危ないところでしたね……」

街頭テレビにはプロレス中継を見る人々が群がっている。赤煉瓦の高架橋には、今日もひっきりなしに電車が走っていた。

「例の電車に持ち込まれていた爆発物は、網棚のカバンから見つかって無事処理できたそうです。起爆装置は電池時計を使ったものだったので、電池を抜いてすぐに止められたとか」

採掘場で使われる砕石《さいせき》用ダイナマイトを用いたものだった。実際に爆発していたら、電車は間違いなく脱線転覆。大惨事になって、高架にも穴が開いたはずだった。レガーロの真上で起きていたら、と思うとゾッとする。

「取り調べのほうはどうでしたか」

「なんとか切り抜けた」

景虎は現場にいたのであやうく犯人の容疑をかけられるところだったが、長秀の催眠《さいみん》暗示があったおかげで、うまくごまかすことができた。

「だが、織田がなんであんなことをしでかしたのか、その理由がまだわからない。高田《たかだ》機関が噛んでいるから、また国鉄でも脅《おど》してるのかもしれないが」

「それだけとは思えません。不気味ですね……」

「ああ」

織田がただレガーロを「焼き払う」ためだけにしでかしたことだとは思えない。

真の意図《いと》は、どこにあったのか。

「………。まだあきらめることができませんか」

直江が問いかけた。朽木のことだ。

景虎は黙っている。目線は街頭テレビに注がれているが、プロレスは見ていなかった。目には映っていたかもしれないが、頭は別のことを思っているようだった。

そんなにも景虎の心を占拠《せんきょ》する朽木という男に、直江は——奇妙なことだが——嫉妬《しっと》すら覚えるのだ。朽木の何が、景虎をそこまでこだわらせているのか。

朽木に何を見ているのか。

(俺には見えないものなのか)

それとも、同じステージに立てる者同士にしかわからない、何かなのか。

そこに自分は踏み入ることができないのか。直江は正体のわからない疎外感に襲われた。景虎が朽木を思うとき、自分はその視界にはいない。大人しか入れない見せ物小屋で入場を拒《こば》まれた子供のような侘《わ》びしい気分になる。

ふと我に返ると景虎がこちらを見つめている。脈絡もなく問いかけてきた。

「……なあ。他人を自由に換生《かんしょう》させる能力を持つというのは、どんな気分だ。支配してるような気分か。そいつの生殺与奪《せいさつよだつ》を握ってる独裁者みたいな気分にでもなるのか」

「何を突然……」

「征服者みたいな気分か。それとも飼い主のような気分か」

ハンチング帽の下の眼が、暗く光っている。

自分を試されているような気がしてきて、直江はぐっと眼に力をこめた。

——何かに怯《おび》えて、いつも萎縮《いしゅく》しているでしょう。抑圧《よくあつ》されている人間の特徴だわ。

「そのどれでもありません。強いて言えば、切り札を握っているような心持ちですよ」

「切り札か」

圧倒的に不利な場をひっくり返す……。

景虎は伏し目がちに嗤《わら》った。

「その切り札、出すタイミングに気をつけろよ。さもないと、勝ちを永遠に逃《のが》すかもしれないからな」

意味深なことを言って、景虎は街頭テレビに背を向けて、改札に向かった。

雑踏にまぎれていく背中を直江は見つめた。そして、自分の掌を見た。

（確かに、俺があのひとに対してこの能力を持っているのは、唯一のアドバンテージなんだろう）

景虎はそれを恐れているふしがある。

生きたいと思わなくても、生き続けさせられてしまうことを。

（ばかな……。換生を望まないと承知で、俺が無理矢理、あのひとを換生させるなんて、ありえないのに）

今までだって一度もそんな状況はなかった。景虎は常に自《みずか》ら換生してきたし、換生が難しい状況にも幸い置かれずに済んでいた。この力を行使する時など、ありえるとは思わないが……。

（持つだけで、あなたを恐れさせられるなら、それも悪くない）

ふいに美奈子《みなこ》に会いたくなった。美奈子のそばなら、景虎の前で萎縮した肺が、おもいきり息を吸い込めるような気がするからだ。

（俺は俺だけの安らぎを求めればいい。あなたが朽木を想うように、俺もあなたの介在《かいざい》しない世界を持ったっていいはずだ）

（主従関係は解消した、と宣言したのはあなただ。だったら、俺もいつまでも、あなたの背中に従う必要はないはず）

街頭テレビに群がる人々から、歓声が上がった。力動山《りきどうざん》が空手チョップを決めたのだ。リングに沈む外国人レスラーを見て、人々が熱狂している。その熱狂に煽《あお》られたように直江も顔をあげた。

勝利の歓声が広場を埋め尽くす。

真冬の月が赤煉瓦の壁を照らしている。


——つづく——

あとがき

先日、雑誌の企画で、漫画家のいのうえさきこ先生と担当さんと三人で、銀座界隈《ぎんざかいわい》をそぞろ歩いてきました。

新橋《しんばし》から有楽町《ゆうらくちょう》の間も歩いてきました。

はい。レガーロがあるという赤い煉瓦壁《れんがへき》の高架橋があるところです。

高架橋を支えるアーチ部分の空間がお店になっているんですが、ほぼ地下を深く掘っているので、思ったよりも圧迫感はなくてですね。意外にも開放感がありました。まあ、古いお店はそうでもないようですが。ガス灯風《ふう》のランプがついていたりして、大変お洒落《しゃれ》。

その後、銀座の老舗《しにせ》グランドキャバレーなどにも行ったんですが、そぞろ歩きながら、なんだかここ日本じゃないみたい……って思ったのです。

なぜか、NY《ニューヨーク》に行った時の感覚を思い出していました。

何が自分にそう思わせたのかは、わからないのですが、街が持つ空気というか、においというかが、似ていたのかもしれません。異国情緒とはちがうんですが（普段銀座歩く時も、そんなことは思わないんですけど）非日常感に溢《あふ》れてました。

あ、あれか。たまたま行ったのが真冬の寒い日だったせいか。

この煉瓦壁のアーチの下にレガーロがあったとしても、全然、変じゃない。それくらい、今も雰囲気《ふんいき》があるところです。

そのレガーロの店内構造を、高嶋《たかしま》先生がラフで起こしてくださったのを見た時は、おおっとなりました。このままレガーロ・ジオラマができそうな勢いです。ありがとうございました。

さて、そのようなわけで今回はレガーロが舞台でしたが。

そのレガーロが、なんと三次元で見られるかもしれません。

『炎の蜃気楼《ミラージュ》　昭和編』がなんと舞台化するとのこと。うおお！　すごいことに。

詳しい情報は、これからとのことですが、私もとても楽しみです。

皆さんも楽しみにしていてくださいね。

読んでいただきまして、ありがとうございました。

二〇一四年三月　　　　　　　　　　桑原水菜

参考文献　『復員・引揚げの研究』田中宏巳　新人物往来社

くわばら・みずな

9月23日千葉県生まれ。天秤座。O型。中央大学文学部史学科卒業。1989年下期コバルト読者大賞を受賞。コバルト文庫に「炎の蜃気楼」シリーズ、「真皓き残響」シリーズ、「風雲縛魔伝」シリーズ、「赤の神紋」シリーズ、「シュバルツ・ヘルツ－黒い心臓－」シリーズが、単行本に『群青』『針金の翼』などがある。趣味は時代劇を見ることと、旅に出ること。日本のお寺と仏像が好きで、今一番やりたいことは四国88カ所踏破。

炎の蜃気楼《ミラージュ》昭和編

揚羽蝶ブルース

COBALT-SERIES

2014年4月10日　第1刷発行

★定価はカバーに表示してあります

著　者	桑　原　水　菜
発行者	鈴　木　晴　彦
発行所	株式会社　集　英　社

〒101－8050
東京都千代田区一ツ橋2—5—10
電話　東京　(3230) 6268 (編集部)
(3230) 6393 (販売部)
(3230) 6080 (読者係)

印刷所　図書印刷株式会社

ISBN978-4-08-601795-4　C0193

夜啼鳥《よなきどり》ブルース
炎の蜃気楼《ミラージュ》 昭和編
混沌の世に換生した男たちの鼓動!!
桑原水菜
イラスト／高嶋上総
終戦から十余年の東京。ホール「レガーロ」の閉店後、ボーイの朽木《くちき》の前に戦死した友人を騙る男が現れ、襲いかかり…!?
好評発売中
コバルト文庫